講談社文庫

新装版

梅安乱れ雲

仕掛人・藤枝梅安 (五)

池波正太郎

講談社

目次

梅安雨隠れ　7
梅安乱れ雲　59
寒鴉　61
兇刃　95
東海道の雪　126
瀬戸川団子　154
薬湯と白飴　180
引鶴　204

殺　気　229
鵜ノ森の伊三蔵　252
剃　刀　275
神田明神下　298
東海道・藤枝宿　320
解説　逢坂　剛　345

新装版　梅安乱れ雲

仕掛人・藤枝梅安（五）

梅安雨隠れ

凄《すさ》まじい雷鳴がとどろきわたり、叩《たた》きつけるような雨になった。

相州《そうしゅう》・戸《と》塚《つか》の宿《しゅく》を過ぎたときには、

（まさか……）

と、おもっていただけに、藤枝梅安《ふじえだばいあん》は雨仕度《あまじたく》もしていない。

折しも梅安は、権太坂《ごんたざか》へかかろうとしていた。

この坂は、武州《ぶしゅう》と相州の国境になっていて、

「権太坂は地形十丈《じょう》余も高く、屈曲《くっきょく》して長き坂なり。故に街道往返の人夫《にんぷ》此所《ここ》を難所《なんしょ》とす」

とある。

むかしは一番坂《いちばんざか》という名だったそうだが、あるとき旅人が通りかかった老百姓に、

「この坂は、なんという坂だね？」

尋《たず》ねたところ、老百姓は自分の名を尋《き》かれたものと思いちがいをして、

「へえ、権太と申しますよ」

そうこたえたのが、坂の名になってしまったという。

坂の上には茶店もあるが、とても、そこまでは行けない。

春ともおもえぬ凄まじい雷雨であった。

ともかくも走り出した梅安は、街道の左手に小屋のようなものを見出して、

(おお、これは助かった)

走り込んで、

「ごめんなさいよ」

声をかけたが、だれもいない。

以前には、この近辺の者が此処に仮小屋をたてて、茶や饅頭《まんじゅう》、草鞋《わらじ》や笠などを売っていたのでもあろうか……。

小屋のまわりは葭簀《よしず》で囲ってあったが、中の土間には埃《ほこり》のつもった腰掛台《こしかけだい》が片隅に積み重ねてあるだけだ。

土間の奥に竈《かまど》がしつらえてあるが、他に器物は何一つない。

竈の向うに、一段高くなって二坪ほどの板の間があり、板戸が開いたままの押入れもついている。茶店をしていたころには、この板の間に寝泊りをしていたにちがいない。

「やれやれ……」

菅笠《すげがさ》をはずした梅安は、ずぶ濡れの道中合羽《どうちゅうがっぱ》をぬぎ、手ぬぐいを出して手足を拭きはじめ

た。

と……。

藤枝梅安の手がとまり、張り出した額の下に埋め込まれたような眼がきらりと光った。

激しい雨音の中にも、この小屋へ走り寄って来る人の足音に気づいたのである。

笠と道中合羽をつかみ、梅安は奥の板の間へ飛び込んだ。

表向き……というよりは、それが正業の鍼《はり》医者である藤枝梅安だが、裏へまわると、大金で殺人を請負《うけお》う〔仕掛人〕なのだ。

ことに、いまの梅安は危険を冒《おか》して江戸へおもむこうとしている。

それだけに、あるいは、何処からか梅安を尾《つ》けて来た者が襲いかかってくることも、考えられぬことではない。

小屋の中へ駆け込んで来たのは、二人の男であった。

板屋根からの雨漏りがひどいので、梅安の笠や合羽から土間へ落ちた雨水も、その痕迹《こんせき》をさとられることがなかった。

小屋の中は、薄墨《うすずみ》をながしたように暗かった。

一人は浪人ふうの四十男で、別の一人は三十前後の町人である。

二人とも旅姿で、身なりはととのっている。

浪人のほうが、奥の板の間をのぞき込んだ。

梅安の姿は、すでに消えていた。

梅安は押入れへ飛び込み、板戸を閉めたのだ。

わずかに戸を閉める音がしたはずだが、ちょうどそのとき、雷鳴が響きわたったので、彼らには気づかれなかった。

この小屋が無人《ぶにん》であることは、だれの目にもあきらかなことで、押入れの中まであらためる必要もなかったのであろう。浪人は、すぐに土間へもどった。

町人のほうが腰掛台の一つを土間へおろし、埃をはらい、浪人も並んで腰をかけた。

押入れの中に大きな躰《からだ》を伏せている藤枝梅安の目の前に節穴《ふしあな》が二つほどあり、板一枚をへだてた土間の一部が見えた。

二人が並んで腰をかけている、その浪人のほうの横顔が梅安の目に入った。

(妙な、二人連れだな……)

これは、梅安の直感であったが、そのとき稲妻《いなずま》が光って、浪人の横顔が微《かす》かに浮きあがった。

(あっ。関口孫次郎《せきぐちまごじろう》ではないか……)

まさに、見おぼえがある。

つぎに稲妻が光ったとき、はっきりと、たしかめることができた。

(やつめ。こんなところに……)

光っていた梅安の両眼が、額の下に沈み、眠ってしまったかのように細くなっている。眼が、このような状態になったときは、梅安自身の緊張が強まったことをしめすといってよい。

浪人……関口孫次郎と町人は、顔をつけ合うようにして何か語り合っているが、雨音に消されて、ほとんど梅安の耳へはとどかなかった。

一

去年、四千石の大身《たいしん》旗本・池田《いけだ》備前守《びぜんのかみ》照秀《てるひで》家の内紛《ないふん》と、剣客・小杉十五郎《こすぎじゅうごろう》に関《かか》わる血なまぐさい事件の中で、萱野《かやの》の亀《かめ》右衛《え》門《もん》にたのまれた仕掛けをやってのけた藤枝梅安は、同じ仕掛人の彦次郎《ひこじろう》と小杉十五郎を伴《ともな》い、豆州《ずしゅう》の熱海《あたみ》の温泉《ゆ》へ身を隠した。

熱海で年を越し、温泉に漬かる明け暮れの暖い冬をすごし、ものの芽がほぐれはじめると、さすがに彦次郎が、

「いつまでも、こうしていると躰も気持ちも潤《ふや》けてしまう」

と、いい出した。

小杉十五郎は、

「私は、まだ、ここの暮しに飽きぬよ、彦さん」

「冗談じゃあねえ。こんなことをしていたら、骨抜きになってしまいますぜ」

と、彦次郎が藤枝梅安に、

「ねえ、どうだろう。梅安さんの家《うち》の様子を見て来てもいいかね？」

「そうだな……」

「何、様子を見たら、すぐに引き返して来ますよ」

「ほんとうに、すぐ引き返して来るか？」

「嘘《うそ》はつかねえ」

実は梅安にしても、品川台町《しながわだいまち》の家のことも、そして、鍼医者としての自分の患者のことも気がかりでないことはない。

そこで、

「ま、いいだろう」

彦次郎を江戸へ、さしむけることにしたのである。

ところが、熱海を出て行った彦次郎は半月たっても、もどって来ない。

すぐに引き返して来るにしては、日数《ひかず》がかかりすぎる。

「よし。私が行ってみよう」

小杉十五郎が言い出るのへ、

「いけませんよ、小杉さん。いちばん危いのはあなただ」

「だが、梅安どの。これは、きっと、彦さんの身に何かが起ったに相違ない。すぐに引き返すという約束を忘れるような彦さんではない」

「それは、まあ……」

「ともかくも、私が……」

「まあ、お待ちなさい。これは私の役目だ」

熱海の桜は、もう散りかけていた。

藤枝梅安は小杉十五郎を説きふせて熱海へ残し、江戸へ向った。

海沿いの山道を小田原へ出て、そこから江戸までは二十里二十丁。三日の行程といってよい。

そして、この日。

今朝は平塚を発った梅安だが、昼下りに権太坂へさしかかり、春にはめずらしい雷雨に出遭《であ》ったばかりではなく、浪人・関口孫次郎を発見したことになる。

押入れの中の節穴から、藤枝梅安がこちらを窺《うかが》っているとも知らず、関口孫次郎は連れの町人と何やらささやき合っている。

激しい雨音に、二人の声はきこえなかったけれども、

(関口のやつ。いまは、どんな悪事をはたらいているのか……)

梅安にしてみれば、到底、関口孫次郎が、

（まともなことをして生きている……）

とはおもえなかった。

梅安が知っている関口は、

「嘘つき」

である。そして、

「盗人《ぬすっと》」

であった。

さらに、梅安の育ての親であり、恩師《おんし》でもある津山悦堂《つやまえつどう》を刃《やいば》で傷つけた男であった。

駿河《するが》の藤枝の宿場で、桶屋《おけや》をしていた治平《じへい》の子として生まれた梅安は、父が病死した後、母親が男をこしらえて逃げてしまったので、ただ独り、取り残されてしまった。

ときに梅安は、七歳の子供にすぎなかった。

その梅安を、折しも東海道を上《のぼ》って来た京都の鍼医者《はりいしゃ》・津山悦堂が拾いあげてくれ、京都の自宅へともない、養育をしてくれたばかりでなく、一人前《ひとりまえ》の鍼医者にしてくれたのである。

それは、悦堂が亡くなる二年ほど前のことであったが、祇園社へ参詣に出かけた津山悦堂は、近くの茶店で知り合いになったという浪人を、自宅へ連れて来た。

これが、ほかならぬ関口孫次郎であった。

「関口どのはな、父の敵《かたき》を探しておられるのじゃよ」

と、悦堂は梅安にいった。

当時の関口は、梅安より二つ三つ年上で、二十七、八歳というところだったろう。

中肉中背の、なかなかの美男で、肌の色が京女のように白い。そのくせ胸毛《むなげ》がふさふさとついているし、髭《ひげ》も濃く、色白なだけに、その毛深さが際立《きわだ》つというわけで、梅安は一目見《ひとめ》たときから、

(私の好きになれぬ男だ)

と、おもったものだ。

そもそも人が善《よ》い津山悦堂は、他人の不幸を見すごすことができず、何かにつけて面倒を見たがる。梅安が拾って来た捨子を引き取ったいきさつについては〔殺気〕の一篇にのべておいたが、梅安とて、その例に洩れない。

それだけに梅安は、悦堂のすることに批判めいた気持ちを抱いたことはなかったが、このときばかりは厭《いや》な予感がした。

父の敵を探し、京・大坂の市中を毎日のように出歩く関口孫次郎へ津山悦堂は小遣《こづか》いをあたえ、衣服をととのえてやり、自宅に置いて、何くれとなく親切をつくした。

関口は、見るからに温和な様子で悦堂に接し、梅安に対しても丁重な言葉づかいをくずさ

なかった。

伊予《いよ》の大洲《おおず》六万石・加藤家に仕えていた父が同藩の片山某に斬殺されたので、その敵を討つため、諸国をまわり歩いて、

「五年に相なります」

と、関口孫次郎は津山悦堂へ語ったそうな。

あらためて調べてみたわけではないが、それも、口から出まかせの嘘だったといえよう。

津山家の厄介《やっかい》になってから三ヵ月ほどした或夜、関口孫次郎は津山悦堂の寝間へ忍び込み、手文庫《てぶんこ》の中の金四十五両を盗みにかかった。

この金は、悦堂が、ある患者から高貴薬《こうきやく》の代金として預かっていたものだ。

目ざめた悦堂が、

「あっ。な、何をする」

関口へ組みついたのを蹴倒し、腰の脇差を抜き打ちに悦堂の右の太股《ふともも》へ斬りつけておいて、関口孫次郎は廊下へ飛び出し、体当りに雨戸を破り、庭から逃亡してしまった。

物音に目ざめた藤枝梅安が、悦堂の寝間へ駆けつけたときには、すでに関口の姿は消えていた。

「おのれ。な、なんということを……」

梅安は怒り狂って、関口を追わんとしたが、血まみれの悦堂を捨ててはおけぬ。

「もう、よいわ。いのち拾いをしただけで、充分じゃよ。わしが悪かった。よもや、このようなまねをするやつとはおもわなんだ……」

悦堂の傷は、やがて癒《なお》ったけれども、以前のように歩行が充分ではなくなった。

高齢であったし、そのためというわけでもないだろうが、急に、津山悦堂の躰がおとろえはじめ、間もなく世を去ったのである。

(あれから十何年もの間、関口孫次郎は、悦堂先生を騙《だま》し、傷つけたように、悪事を積み重ねてきているにちがいない)

節穴から、関口の横顔を見つめながら、藤枝梅安は、

(悦堂先生。これはどうも、見逃せぬことになりました)

胸の内で、亡き恩師へ言った。

雨があがった。

関口孫次郎と町人は、小屋を出て、権太坂をのぼりはじめた。

つまり、江戸の方へ向っていることになる。

すると二人は、梅安のすぐ後から東海道を下って来たことになる。

藤枝梅安は菅笠を深くかぶり、これも小屋から出て、二人の後から権太坂をのぼりはじめた。

走る雲間から青空がのぞき、雨あがりの街道に、辛夷《こぶし》の木が白い花をつけていた。

二

この日。

町人を連れた関口孫次郎は、神奈川宿《じゅく》の鍋屋《なべや》という旅籠《はたご》に泊った。

藤枝梅安は、同じ旅籠にとおもったが、鍋屋が小さな旅籠なので、

(何をするにしても不便……)

と、おもい、鍋屋と街道をへだてた長尾屋《ながおや》という、これも小さな旅籠に入った。

こころづけをはずみ、梅安は二階のよい部屋へ通してもらった。

茶を運んで来た女中が去ってから、梅安は街道に面した窓の障子を細目に開け、向うの鍋屋の二階を見た。

と、関口孫次郎も二階の部屋へ入り、これは窓の障子を引き開け、茶をのんでいるのが見えた。連れの町人は障子の蔭《かげ》になっていて見えない。

日が長くなった所為《せい》か、窓ぎわの関口の横顔が、はっきりと見える。

十何年も前にくらべると、さすがに関口の風貌は変っていた。

色白の顔も日に灼《や》けた感じに浅黒く、こころなしか鬢《びん》のあたりに白いものがまじっているようだ。

関口孫次郎は、すでに四十をこえていよう。

夕闇が冷んやり濃くなってきて、関口は腕をのばし、窓の障子を閉めた。

(彼奴《きゃつ》め、江戸へ行くのだろうか？　江戸へ行って何をしようというのか……)

いまも関口は、ろくなことをしているわけがない。

ともかくも関口と町人は、急ぎの旅をしている様子ではなかった。

急いでいるのなら、一気に川崎まで足をのばすはずであった。

(さて、関口孫次郎を、どのように料理してくれようか……？)

夕餉《ゆうげ》の膳に向う前に、湯殿へおもむいた梅安は躰を洗いながら、

(腕か足の一本も叩き折ってくれようか。それとも……)

それとも、仕掛針《しかけばり》を打ち込み、関口をあの世へ送ってしまおうか。

いずれにせよ、梅安としては、

(だれの目にも、ふれぬように……)

関口に罰をあたえねばならぬ。

となれば、今夜のうちに仕《し》てのけるわけにもゆかぬ。

夕餉の折に、いつもよりは酒の量を増やしておいて、この夜は梅安、早くから寝床へ入った。

ぐっすりと眠った、その翌朝も暗いうちに目をさました梅安は、窓の障子の透間《すきま》から向う

の鍋屋の二階をうかがうと、まだ、雨戸が閉まっている。

女中が入って来たときには、すでに旅仕度をととのえていた。

「あれまあ、お早いことで」

「せっかちな性分《しょうぶん》だからね。発つのはまだだが……」

関口孫次郎と町人が鍋屋を発ったのは、五ツ半（午前九時）ごろであったろう。今日の道中も急ぐ様子はない。

二人が出て行くのを見とどけてから、藤枝梅安も長尾屋を発った。

今日も、よく晴れている。

この神奈川から川崎までは二里半。江戸までは七里である。

春の快晴の日和《ひより》だけに、街道を行く人びとも少なくない。

二人を尾行するには絶好といってよかった。

それに、顔をまともに見なくては、関口は梅安に気づかぬだろう。十何年も前の青年のころの梅安のおもかげは、かなり薄れているといってよい。

関口の連れの町人は、身仕度といい、足取りといい、いかにも旅なれた様子であった。

堅気《かたぎ》の町人の姿をしてはいるが、

(只者《ただもの》ではない……)

と、梅安は看《み》て取った。

藤枝梅安が、品川台町の我家《わがや》へもどったのは、この日の夜更けであった。

一応は用心をして、垣根の外の木蔭から様子を見ると、雨戸の透間に灯《あかり》が洩《も》れているではないか。

(や……?)

(だれか、いる……)

仕掛人として見事に裏切った梅安の一命を、大坂の白子屋菊右衛門《しろこやきくえもん》がつけねらっているはずだから、久しぶりの我家へ入るにも油断はならぬ。

しばらくの間、梅安は木蔭に屈《かが》み込み、考え込んでいるようだったが、

「よし」

つぶやくと、ふところの短刀《あいくち》を引き抜き、音もなく垣根を越え、庭へ入った。

しずかに雨戸へ近寄り、戸を叩いて、

「もし……もし……」

中へ声をかけてみた。

返事はない。

しかし、あきらかに人がうごく気配がした。

雨戸の向うは、梅安が寝間にしていた部屋だ。

「もし……もし、そこにおいでなさるのは、藤枝梅安先生でございますか？」

わざと自分の名をつかって、声も大きくしてみた。

すると、縁側の向うの障子が開く音がして、だれかが出て来て、

「はい、はい。いかにも私は藤枝梅安でございますよ」

と、返事をよこしたものだ。

（なんのことだ）

梅安は苦笑を浮かべ、

「彦さん、此処にいたのか」

雨戸が開き、彦次郎が何だか窶《やつ》れた顔を出し、

「迎えに来なすったのか？」

「そうとも」

「すまねえ、梅安さん。此処で七日も寝込んでしまったのだ。風邪をこじらせて熱が出てねえ。どうにも弱った。ほれ、此処の手つだい婆さんには、ずいぶん、世話をかけてしまったよ」

「塩入《しおいり》土手《どて》の、お前さんのところは……」

いいさした梅安が、

「そうだ。この前の騒動で焼けてしまったのだったね」

「ま、お入りなせえ。私も明日、江戸を発つつもりでいたのさ」

「そうか。ちょうどよかった」

「これで、いっしょに熱海へもどれる」

その場から、家の中へ入った梅安が、

「江戸は、まだ危いかね？」

「大丈夫とおもいますがね。もう、こっちへ引きあげて来ても……」

と、台所へ入り、濯《すす》ぎの仕度をはじめた彦次郎が、

「このあたりの病人たちは、みんな、くびを長くして、お前さんが帰るのを待ちかねているようだ」

「だが、この家は、白子屋菊右衛門が目をつけている」

「そのことだ。そいつが、どうもねえ……」

「ともかくも、行きちがいにならなくてよかった」

「まったくだ」

「ところで、彦さん……」

「え……？」

「ちょいと、手つだってもらいたいことがあるのだがね」

「何でも、いって下せえよ」

やがて二人は、居間の火鉢をはさんで酒をのみはじめた。

肴《さかな》は摺《す》り生姜《しょうが》を落した、熱い豆腐汁のみであった。

藤枝梅安は、関口孫次郎について、すべてを語り、

「それでね、二人は江戸へ入って、札《ふだ》の辻《つじ》の相模屋《さがみや》四郎兵衛《しろべえ》という宿屋へ泊ったのだ」

「あんなところに、そんな宿屋があったかね」

「小さな宿屋だが、ちょいと小ぎれいな……」

「へえ……」

「明日から見張ろうかとおもっている」

「殺《や》んなさるのかえ？」

「事と、しだいによってはね」

「それよりも梅安さん。井筒《いづつ》のおもんさんへ、早く顔を見せておやんなせえよ」

梅安は微《かす》かに笑い、

「ねえ、彦さん。関口孫次郎を、どう始末したらよいものかね？」

「そいつは、お前さんが決めなさることだ」

「ふうむ……」

「熱い酒を、ひとつ」

「うむ」

「雨が落ちてきたようですぜ」

「いまごろの雨は、気まぐれ雨だ」

「それにしても、その関口なにがしという野郎、何をしに江戸へ来やがったのかね？」

「それさ。それを見きわめてからあの世へ送っても遅くはない」

「おもしろくなってきたね、梅安さん」

「うむ。何しろ長い間……」

いいさした梅安の言葉を、間《かん》、髪《はつ》を入れずに彦次郎が引き取って、

「長いこと、湯漬《ゆづ》けになって退屈していたからねえ」

「ふ、ふふ……」

三

相模屋という宿屋は、俗に札の辻とよばれている田町《たまち》三丁目（現・港区芝五丁目）の北側にあった。

薬種《やくしゅ》屋の堺屋《さかいや》と、越後屋という蕎麦屋にはさまれた小さな宿屋だが、江戸へ商用でやってくる常客がついているらしい。

翌日の午後。

彦次郎は、旅姿の商人となって、相模屋へおもむいた。

「はじめてのお客様は、お泊めしないことに……」

渋る番頭へ、彦次郎はたっぷりとこころづけをわたし、うまく泊り込むことができた。

彦次郎が相模屋へ入るのを見とどけてから、藤枝梅安は見張りをやめて歩み出した。

梅安は朝から、相模屋をそれとなく見張ってい、身仕度をととのえてあらわれた彦次郎と交替したことになる。

ここは東海道第一の宿駅である品川にも近く、両側には種々の店舗が軒をつらね、人通りの絶え間がないだけに、ぶらぶらしながら見張りをしていても怪しまれなかった。

この日の藤枝梅安は渋い黄八丈《きはちじょう》の着ながしに黒の羽織。短刀をたばさみ、白足袋《しろたび》に中切《なかぎり》下駄を履《は》き、塗笠《ぬりがさ》をかぶっている。

店舗の軒下を伝うようにして、梅安は品川の方へ、ゆっくりと歩む。

左側の家並《やなみ》の、すぐうしろは江戸湾であった。

春になると、汐の香も、ひときわ濃くなり、海に浮かぶ白帆の数も増える。

相模屋から程近い、田町五丁目に伊勢屋という料理屋がある。

梅安は、そこへ入って行った。

伊勢屋の主人《あるじ》の万三郎《まんざぶろう》は、以前から、家族ぐるみの梅安の患者で、たとえ病気にならなくとも、月に一度は梅安が出向いて行き、鍼を打ってやっていた。

「梅安先生。いったい何処へ行っておいでだったので。何度、おたずねしても御留守なものですから、みんなで心配をいたしておりました」

伊勢屋万三郎が奥から飛び出して来て、

「さあ、おあがり下さいまして……」

「御主人。いま、家の中へ大工を入れておりましてな」

「おやおや……」

「二、三日、泊めていただけますかな?」

「二、三日といわず、一月《ひとつき》でも一年でも結構でございますよ。先生は、私の女房の命の恩人。こんなときでなくては御恩返しができません」

「治療は、家の中が片づいてからということにしていただきたい」

「おやおや……」

先ず、こうしたわけで歓待《かんたい》を受け、日が暮れかかるころには、二階の裏座敷で梅安が海をながめつつ、伊勢屋の名物の浅蜊《あさり》の時雨煮《しぐれに》と木賊独活《とくさうど》を肴に酒をのみはじめていた。

梅安は、ここの木賊独活が大好物だ。アクをぬいて茹でた独活を甘酢《あまず》へ二日ほど漬け込むのだそうだが、細く切って青海苔《のり》をまぶしたのを口へ入れると、

(また、春になったのだな……)

しみじみと、そうおもう。

それは、どうにか生きのびて、またも春の香りを嗅《か》ぐことができたというおもいなのだ。

（いずれ、私は、白子屋あたりのさしむけた刺客《しかく》に殺されてしまうやも知れぬ……）

死をもてあそぶというのではないが、梅安にしても彦次郎にしても、何かにつけて、おのれの死ぬる日、死ぬる時のことが脳裡《のうり》に浮かぶのであった。

海も空も、すっかり暮れて、座敷女中が白魚《しらうお》と豆腐に揉《も》み海苔をあしらったお椀《わん》を運んで来て間もなく、彦次郎が伊勢屋へあらわれた。

ここに泊ることを、梅安は、あらかじめ彦次郎へ告げてある。

「どうした、彦さん。二人とも、ずっと出ないのか？」

「出ねえ。そのかわり、二人を訪ねて来た人がいる」

こういった彦次郎の顔色《がんしょく》が少し変っている。

「どんな人が、訪ねて来た？」

「どんな人だとおもうね？」

「わからない」

「おどろいたよ。私も梅安さんも知っている人ですぜ」

「ほう……」

「萱野の亀右衛門さんだよ、梅安さん」

「何……」

と、梅安は盃を膳に置き、

「ほんとうか？」

「嘘をついても仕方がありますめえ」

「ふうむ……」

これは、おもいもかけぬことである。

萱野の亀右衛門は、数年前まで目黒から渋谷、麻布にかけてを縄張《なわば》りにしていた香具師《やし》の元締《もとじめ》だったが、いまは目黒の碑文谷《ひもんや》へ引っ込み、古女房のお才《さい》と二人きりで隠居暮しをしている。

しかし、時には、

「どうしても断わりきれぬ義理があって……」

藤枝梅安へ仕掛けの依頼にあらわれることもある。

去年の、池田備前守の奥方の暗殺をたのみに来たのも、萱野の亀右衛門であった。

「すると彦さん。関口孫次郎は仕掛人になっていたのだろうか？」

「わからねえ。でも、そうではねえか、な……でなくて、何で萱野の年寄りが訪ねて来るのだろう。ともかくも小さな宿屋だし、盗み聞きもできねえ。ただ見張るのが精一杯ですよ、梅安さん」

「まだ、いるのかね？」

「萱野の年寄りは、いま来たばかりだ。それを見て、すぐに此処へ飛んで来た」

「よし」

腰を浮かした梅安が、

「彦さん。腹は減っていないだろうね？」

「相模屋で、まずい飯を食べさせられてね」

いいさした彦次郎が、膳の上をうらやましげに見わたした。

「おい、彦さん。そんな目つきをするものじゃあない」

「だって、あんまり、ひどいものを食わせやがるから……」

「さ、行こうか」

「合点《がってん》だ」

四

この日の夜更けに……。

竹藪《たけやぶ》に囲まれた萱野の亀右衛門宅の裏の戸を叩く者がいた。

その音に目ざめた亀右衛門は、女房のお才に眴《めくばせ》をし、寝床の下から短刀《あいくち》をつかみ、立ちあがった。

お才は寝間のとなりの納戸《なんど》へ、すっと入った。

引退したとはいえ、老いた亀右衛門も梅安ほどではないにせよ、

(いつなんどき、殺《や》られるか知れたものではない……)

ことを、覚悟しながら暮しているといってよい。

亀右衛門が台所へ出たとき、また、戸が叩かれ、

「もし……もし……」

低く、よびかける声がきこえた。

亀右衛門は台所にあった鰺切庖丁《あじきりぼうちょう》を左手につかみ、右には短刀の抜身を持って土間へ下り、

「どなただえ?」

「お……亀右衛門さんか。藤枝梅安ですよ」

ためていた息を吐いた亀右衛門が、

「梅安さん。おどかしちゃあいけません」

「どうしなすった?」

「ま……ちょいと、お待ちを」

素早く、庖丁と短刀を隠してから、裏の戸を開けると、

「こんな夜更けに、申しわけもない」

「江戸へ、いつ、もどっておいでなすった？」

「昨夜」

「それを知らねえものだから……」

ふっと笑った亀右衛門が、

「われながら、見っともねえ」

「何が？」

「なに、こっちのことで。さ、どうぞ」

二人の声を聞いて、お才も納戸からあらわれ、茶の仕度にかかるのへ、亀右衛門が、

「婆さん。そんなものよりも冷酒《ひや》がいいよ」

「あいよ」

酒の仕度をして茶の間へあらわれた、お才を寝かせてしまってから、

「梅安さん。池田備前守《いけだびぜんのかみ》様の一件については、もう心配なさるにはおよびませんよ」

「いや、そのことで来たのではない」

「何か、急の……？」

「お前さんには構わずに、私の思案どおりに事を運んでしまおうと、一時はおもったのだが……」

「何の事なので？」

「やはり、あなたが絡《から》んでいなさるとなると、一応は事情《わけ》を耳に入れておかぬといけない。そうおもったのでね」

「……？」

「亀右衛門さんは、今日、日暮れどきに、札の辻の相模屋という宿屋へ出向きなすったね」

「梅安さん。どうして、それを知っていなさる？」

こころなしか、萱野の亀右衛門が蒼《あお》ざめたようである。

物事に動じない亀右衛門にしては、めずらしいことだ。

「お前さんは、関口孫次郎という浪人を知っていなさるね」

「関口…… いいえ、存じませんよ」

「嘘をついていなさるようだな」

「ですが梅安さん、知らないものは知らないというよりほかに……」

これはまた、意外のことであった。

彦次郎は、たしかに、相模屋に泊っている関口の部屋へ、亀右衛門が入って行くのを見とどけているのだ。

「では亀右衛門さん。相模屋で会った浪人の名は何というのだね？」

「いったい、そんなことが梅安さんと何の関わり合いがおありなさるのだ。先《ま》ず、そこのところから聞かせていただきたいもので……」

これまでに、梅安には見せたこともない強《きつ》い目の色になっている亀右衛門であった。

「なるほど」

茶わんの酒を、ゆっくりとのみほしてから梅安が、

「よろしい。何も彼《か》も、ありのままに打ちあけよう。そうしたら、お前さんも肚《はら》の底を見せてくれようね？」

「ようございます」

きっぱりと、亀右衛門がうなずいた。

「これはどうも、妙なことになってきたねえ」

「梅安さん。それは、このわしがいうセリフですよ」

「打ちあける前に、もう一度、たしかめておきたい。今夜、お前さんが会った浪人は関口孫次郎ではないのだね？」

「高沢平馬《たかざわへいま》というお人でございますよ」

「高沢……」

「はい」

まったく、梅安にはおぼえのない名前である。

(変名をつかっているにちがいない)

と、梅安は直感をした。

梅安は、自分が津山悦堂に育てられたときのことから語りはじめた。

亀右衛門にとって、はじめて聞く梅安の過去であるだけに、息をつめて聞き入っている。

いよいよ、関口孫次郎が津山家の食客《しょっかく》となったところへ、はなしがすすんできて、

「髭も胸毛も濃い……」

と、梅安が関口の風貌を語るや、

「そりゃ、たしかに、高沢様のことだ」

亀右衛門が、口走るようにいった。

「やはり、な」

「で、それから、どうなったので？」

「関口はな、大金を盗み奪《と》った上、津山先生を刀で傷つけ、逃走してしまったのだよ」

「えっ……まさか……」

「こんな嘘を、この私が、わざわざ言いに来たとでもいいなさるのか」

「う……」

梅安が、権太坂の近くの小屋で、関口孫次郎を見出し、後を尾けて相模屋へ入ったことまで語り終えるや、

「何と、まあ……」

いいさして絶句した萱野の亀右衛門が瞑目《めいもく》し、ややあって、

「恐ろしいことだ」

微かに、つぶやいた。

「さあ、亀右衛門さん。今度は、私が聞く番になったね」

「…………」

「どうしなすった?」

「梅安さん。関口なんとやらいう名は、それこそ変名でございますよ。あのお人の本名は、高沢平馬なので」

「ふーむ」

「そんなことがあったとは、少しも存じませんでした。もっとも、わしと高沢様とは、さほどに深い知り合いでもない。前に二度ほど、お目にかかったことはございますがね」

「そうか……」

「これが、他の人のいうことなら、疑って見るところでしょうが、梅安さんのいいなさることゆえ、これはどうも、ほんとうの事だとおもわなくてはいけないようで」

「私は一言半句も嘘はつかなかった」

ただし、彦次郎を相模屋へ入れてあることだけは、まだ語っていない。

「ですがね、梅安さん。あの御浪人が、その津山悦堂先生へ語った身性《みじよう》のうちで、嘘でなかったことが一つだけございますよ」

「伊予の大洲の浪人だということかね?」

「いえ、あのお人は、近江《おうみ》の膳所《ぜぜ》六万石、本多様に仕えていなすったので」

「やはり、大洲浪人というのは嘘だったのか……」

「嘘でないのは……」

「何だね?」

「親の敵《かたき》を、探しまわっていた人ということでございます」

五

それから三日目の夕暮れに、萱野の亀右衛門が、田町五丁目の伊勢屋へ藤枝梅安を訪ねて来た。

あれからずっと、梅安は伊勢屋の二階の小座敷に起居していたし、彦次郎も一昨日から宿屋の相模屋を引きはらい、梅安と共に伊勢屋で暮している。

「いよいよ、今夜になりましたよ」

と、亀右衛門はいった。

つまり、関口孫次郎事高沢平馬が、今夜、亡父の平左衛門《へいざえもん》の敵・小島伝七郎《こじまでんしちろう》を討つことになったというのだ。

もっとも、討てるとはかぎらぬ。

相手の小島伝七郎も、剣術のほうは相当なものだという。

伝七郎は、いま、このあたりからも遠くはない三田《みた》に屋敷を構える三千石の旗本・青木丹《あおきたん》波守《ばのかみ》の用人《ようにん》となり、なかなか羽振りもよく、深川に妾を囲い、五日か六日に一度は昼すぎから妾宅へ行き、夜に入って駕籠《かご》で青木屋敷へ帰って来る。

小島伝七郎には妻子がいない。

これだけのことを調べあげたのは、萱野の亀右衛門であった。

いま、関口孫次郎（この名前で通したい）が泊っている相模屋の主人《あるじ》・四郎兵衛は若いころに、関口家の小者をしていたらしい。

ところが、本多家の江戸屋敷内の長屋にいた孫次郎の父・平左衛門が酒の上の喧嘩から小島伝七郎に斬殺され、小島は逃亡する、一人息子の孫次郎は敵討ちの旅に出る、孫次郎の母親は国許《くにもと》の親類に引き取られるというわけで、奉公人も散り散りとなった。

四郎兵衛は、その後、いろいろなことをやったがうまく行かず、危《あやう》く悪の道へ走ろうとする直前に、当時は香具師の元締だった萱野の亀右衛門に救われた。

四郎兵衛は生来《せいらい》、はたらき者だったので、亀右衛門の助言により、五年前から相模屋という小さな宿屋の主人におさまることができた。

芝の神明宮《しんめいぐう》の境内で、四郎兵衛が関口孫次郎と偶然に出会ったのは、それから二年後のことだ。

むかしは、まだ少年の面影がどこかに残っていた孫次郎が、見ちがえるように成長し、二十年も父の敵を探しまわっていることを改めて知り、相模屋四郎兵衛は、

「ようございます。おちからにならせていただきましょう」

と、いった。

以来、関口孫次郎は四郎兵衛の援助を受け、江戸から上方、または中仙道《なかせんどう》一帯を歩きまわりつつ、父の敵を探しもとめていたのである。

四郎兵衛もまた、何かにつけて、小島伝七郎の行方に気をくばるようになった。

そして、つい一月《ひとつき》ほど前に、相模屋四郎兵衛が女房と子供を連れ、深川の富岡八幡宮《とみがおかはちまんぐう》へ参詣《さんけい》に行ったとき、その境内で、旧主人の敵・小島伝七郎を見かけたのだ。

いまの小島は、五十を一つ二つは越えていたろうが、むろん、むかしの小島を四郎兵衛はよく見知っている。

(やはり、小島伝七郎にちがいない)

物蔭から、じっくりとたしかめた四郎兵衛は、女房と子供を駕籠で帰し、自分は小島の後を尾《つ》け、その所在を突きとめたのである。

そして、恩人の萱野の亀右衛門に相談をすると、

「ほかの事ではねえから、ちからを貸してやろうが、いまのお前は宿屋のあるじで女房子も

いる。だから、もしも、高沢平馬さんが、その敵と斬り合って返り討ちになったとしても、お前は手を出しちゃあいけねえぜ。わしも、敵討ちの段取りをつけてやるだけのことだ。いいかえ、そこのところを、お前が納得しなくては手を貸せねえよ」

「はい。わかりましてございます」

そこで亀右衛門は、むかしから可愛がっていた手下の者を二人ほどたのみ、小島伝七郎の身辺を探った。

駿府《すんぷ》にいた関口孫次郎を迎えに行った町人も、その一人だったのである。

小島伝七郎は、名前を島口要《しまぐちかなめ》と変え、五年前に青木丹波守の家来となった。

そのころ、三千石の青木家の財政は非常に苦しかったらしいが、小島はたくみに立ちまわり、財政の建て直しをやってのけたので、丹波守の信頼が厚くなり、二年後に用人となった。

旗本の用人は、大名の家老と同様で、いまの小島は青木丹波守にとって、

「なくてはならぬ……」

家来となっている。

親類も味方も少ない関口孫次郎とちがって、小島伝七郎は有力な親類が多く、青木丹波守の家来になれたのも、親類たちの援護があったからであろう。

「それでは梅安さん。どうしても、敵討ちの現場を見たいので？」

「見たい。私には、あの関口孫次郎が、二十年も辛抱《しんぼう》強く親の敵を探しまわっていた男とは、どうしてもおもえない。いや、亀右衛門さんの言葉を嘘というのではない。だが、それだけに、この目でたしかめて見たいのだ」

「で、もしも、首尾《しゅび》よく敵を討ったときは、どうなさる？」

「そのときは、いさぎよく津山悦堂先生を傷つけた関口を、忘れてやりましょうよ」

「そうして下さるか。ならば相模屋四郎兵衛も、さぞ、よろこびましょう」

「相模屋に、私のことを告げたのかね？」

「いいや」

かぶりを振って、萱野の亀右衛門が、

「魔がさしたのでござんしょうねえ」

「何が？」

「いえ、その、津山先生を傷つけ、金を盗んだときの、あの人は……」

「ふうむ……？」

「ねえ、梅安さん。二年三年のうちに事がすむならともかく、五年、十年と敵を探しまわり、路用《ろよう》の金も尽きたときは……そこはそれ、人間は弱いものでございますからねえ」

しみじみと、亀右衛門はいった。

憮然《ぶぜん》として立ちあがった藤枝梅安が、窓の障子を引き開けると、いつの間にか、音もなく雨が降りけむっていた。

暗い海に、舟の漁火《いさりび》が点々と浮いている。

六

その夜の五ツ半（午後九時）ごろに、藤枝梅安と彦次郎は、将監橋《しょうげんばし》の橋下に身を潜《ひそ》めていた。

萱野の亀右衛門と相模屋四郎兵衛も、関口孫次郎事高沢平馬と共に、この近くの何処かに隠れているはずだ。

雨は熄《や》んでいた。

妙に生あたたかい闇が重く垂れこめている。

金杉川《かなすぎ》に懸かる将監橋の、すぐ東方には金杉橋があり、西の彼方は赤羽橋《あかばねばし》だ。

金杉川の北面は芝・増上寺の宏大な寺域がひろがってい、南面は武家屋敷がたちならぶ。

「ほんとうかな……私には、どうも信じられぬ」

将監橋・南詰の橋下に大きな躰を屈《かが》めている梅安が、彦次郎にささやいた。

「そりゃあ、よっぽど、若いころの梅安さんの目には、関口孫次郎が嫌《いや》な奴に映っていたのさ」

「それは、まあ、そうだが……」

「あ……だれか、来ましたぜ」

将監橋を北から南へ、小走りに、だれかが渡って来る。

この男は、関口孫次郎を駿府へ迎えに行った久次《きゅうじ》という者だ。萱野の亀右衛門の手の者といってよい。

橋を渡り切った久次は、将監橋と赤羽橋の南側の岸辺の草地の闇に消えた。

このあたりは夜になると、犬の仔一匹通らない。

やがて、一挺《いっちょう》の町駕籠が、将監橋の北詰へあらわれた。

中には、深川の妾宅を出て、三田の青木丹波守屋敷へ帰る小島伝七郎が乗っている。

でっぷりとした体軀のもちぬしで、赫《あか》ら顔の、目も鼻も口も、躰に似つかわしい大ぶりな造作《ぞうさく》であった。

小島を乗せた町駕籠は、将監橋を南へわたりきった。

わたって右へ……赤羽橋の方へ、ゆっくりとすすむ。

道の右側は、川岸の草地がつづき、左側は武家屋敷の塀がつらなっている。

と、駕籠の前方に、襷《たすき》・鉢巻《はちまき》の男があらわれた。

関口孫次郎である。

関口が大刀を抜きはらったので、

「うわ……」

「い、いけねえ。逃げろ」

二人の駕籠舁《か》きが駕籠を道へ落し、闇の中を泳ぐようにして逃げ去った。

町駕籠の棒端《ぼうはな》に提灯《ちょうちん》が下ったままで、消えもしなかった。

駕籠が落ちるのと同時に、小島伝七郎は素早く外へ、身を投げるようにして転げ出るや、たちまちに立って、

「何者だ？」

「まさに小島伝七郎だ。おれは、高沢平馬」

と、関口は本名を名乗った。

「む……」

ぱっと飛び退《しさ》った小島伝七郎が抜刀した。

五十をこえたとはおもえぬほどに、躰のうごきが敏捷《びんしょう》であった。

「父の敵《かたき》!!」

叫んだ関口孫次郎が、猛然と間合いをせばめ、

「鋭《えい》!!」

初太刀を打ち込んだ。

小島は身をひるがえし、草地へ逃げた。

そのまま逃げるのかとおもったら、突然に振り向き、追いせまる関口を迎え撃った。

関口孫次郎は、藤枝梅安が予想していたよりも、はるかに強く、そしてまた小島伝七郎も関口に引けをとらなかった。

二人は激しく斬りむすび、飛びはなれたかとおもうと、たがいにせまり合って刃《やいば》を打ち込んだ。

それは、夜の闇の中での決闘とはおもわれぬほどの激しさであった。

斬り合いながら、二人は草地を西へ移動し、左側の彼方に松本町一丁目の町家の灯が洩れているあたりまで来て、

「やあっ‼」

「む‼」

もつれ合うように刀と刀を合わせ、つぎの瞬間、小島が飛びはなれたかとおもうと、関口の躰がぐらりと揺れた。

小島が飛びかかり、大きく刃を揮《ふる》った。

関口孫次郎が刀を放り落し、草の中へ倒れた。

「畜生め‼」

闇を引き裂くような叫び声がきこえたのは、そのときであった。

たまりかねて、相模屋四郎兵衛が、道へ飛び出して来たのだ。

それに気づいた小島伝七郎は、倒れ伏した関口孫次郎へとどめを刺そうとするのをやめ、赤羽橋の方へ逃げて行く。

「野郎!!」

追いかけようとする四郎兵衛を、萱野の亀右衛門と久次が抱きとめ、

「四郎兵衛。わしとの約束を忘れたか」

「ですが、元締《もとじめ》……」

「やめねえか。お前は役目を立派に仕とげたのだ」

「う、うう……」

どこか遠くで人声がした。

向うの辻番所の番人が、斬り合いに気づいたらしい。

「元締。せ、せめて死骸《しがい》を……」

と、四郎兵衛が泣き声でうったえた。

「よし。早くしねえ」

三人は、息絶えた関口孫次郎……いや、高沢平馬の躰を引き起し、それこそ「あっ……」という間に闇の中へ消えてしまった。

萱野の亀右衛門が、金杉川の岸辺に小舟を舫《もや》っておいたのである。

亀右衛門は後日、梅安に、こういった。

「いずれにしろ、舟が入用だとおもいましてね」

関口孫次郎の死体を乗せた小舟が岸をはなれたとき、藤枝梅安と彦次郎は、早くも将監橋を北へわたり、増上寺の門前町へ入っている。

「おどろいたねえ……」

と、梅安が、

「関口孫次郎、あれほどに正々堂々《せいせいどうどう》とやるとはおもわなかったよ、彦さん」

「人は見かけによらねえと、百も承知のお前さんが、いまさら、そんなことをいいなさるのは、ちょいとおかしい」

「………」

「どうしなすった？」

ぴたりと、梅安の足がとまった。

「梅安さん……」

「いや、何でもない」

ふたたび歩き出した藤枝梅安へ、彦次郎が肩を寄せかけるようにして、

「わかっていますよう、お前さんの肚《はら》の内は……」

と、いったのである。

七

その年の秋も深まった或日《あるひ》の昼下りであったが……。

深川の島田町にある、小島伝七郎の妾宅の裏手へあらわれた棒手振《ぼてふ》りの魚やが、盤台《ばんだい》をおろして、

「もし……ごめんなせえ。ごめんなせえ」

台所の戸を少し開け、中へ声をかけた。

今日は小島伝七郎がやって来る日なので、妾のお金《きん》は昼前に小女《こおんな》を外へ出してしまっている。

小島は、妾宅へ来た日に、つぎに来る日をお金に告げ、ほとんど、その日にあらわれる。

「日暮れまでに来ぬときは、急用があったとおもえ」

と、小島はお金にいってある。

そこで当日は、小女に小づかいをもたせ、小女の両親が住む本所の家へ、

「泊っておいで」

と、出してやるのだ。

小島伝七郎は、関口孫次郎を返り討ちにして後、三月《みつき》ほどは青木丹波守屋敷に引きこもっ

ていたが、夏も終ろうとするころから、

(もう、大丈夫……)

見きわめをつけ、またしても、深川の妾宅へ通いはじめるようになった。

膳所藩・本多家の上屋敷にいる叔父の田代善蔵《たしろぜんぞう》へ、関口孫次郎を返り討ちにしたことを密《ひそ》かに告げておいたが、別に、変ったことはない。

あのとき人の叫び声がしたので、小島はあわてて逃げたが、

(たしかに息は絶えているはずだ)

と、確信をしていた。

敵討ちがあるのなら、返り討ちもある。そして武士の世界では、返り討ちにすることは恥でも何でもない。

まして小島は、相手の名乗りを受け、堂々と闘ったのだ。

あれから、青木丹波守屋敷へ奉行所の調べがあったわけでもないし、

(これで、さっぱりとした。もう逃げ隠れをせずにすむ)

再び、お金のところへ通うようになると、小島伝七郎は晴れ晴れとした気分になってきた。

本多家に仕えている叔父が、うまく立ちまわってくれるので、江戸藩邸でも蔭ながら小島を庇《かば》ってくれている。

青木丹波守に奉公することができたのも、本多家の江戸留守居役《るすいやく》・植村庄五郎《うえむらしようごろう》の口ききがあったからだ。

さて……。

台所で呼ぶ声がするので、お金が、

「何だねえ。どなた?」

奥から台所へあらわれた。

お金は、浅草の駒形の料理屋・川十《かわじゆう》の座敷女中をしていた女で二十五、六歳の、色は浅ぐろいが、すっきりとした躰つきで、気も強い。

「御新《ごしん》さんでござんすか。へい、魚やで」

と、魚やが台所の土間へ入り、うしろ手に戸を閉《し》めた。

「うちはね、いつも来る……」

いつも来る魚やから買うので用はない、と、お金はいうつもりだったが、後は言葉にならなかった。

ぱっと魚やが飛びかかって来て、お金の頸《くび》すじのあたりを手刀《てがたな》で強打したのだ。

「うっ……」

がっくりとのめり、気を失なったお金を抱きとめ、魚やは用意の布で猿轡《さるぐつわ》を嚙ませ、手足を縛って奥の押入れに放り込んだ。

その手ぎわのよいこと、早いことは目をみはるばかりであった。

それから魚やは台所へもどり、戸を開けて、路地の気配をうかがった。

だれもいない。

路地は薄暗かった。空は曇っていた。

どこかで飴《あめ》やの太鼓《たいこ》が鳴っている。

魚やが手をあげて合図をした。

それを見て、大きな男が路地へ入って来た。

大男は藤枝梅安。魚やは彦次郎である。

うなずき合って、梅安は家の中へ入り、彦次郎は外へ出て盤台を担《かつ》ぎ、路地から出て行った。

そのとき、入船町《いりふねちょう》で町駕籠から下りた小島伝七郎が堀川へ懸かる入船橋を北へわたり、島田町へ入った。

川岸の道で、子供たちが遊んでいる。

向うから棒手振りの魚やがやって来て、小島とすれちがった。

小島は羽織・袴に塗笠をかぶってい、川岸の道を左へまわった。

右手は木場《きば》で、材木の香がただよい、堀川には舟が行き交《か》っている。

釣道具屋と豆腐屋にはさまれた細い道を入ると、突き当りに木戸のついた門のようなものがあって、これを入ると、すぐに、お金の家の表口となる。

木戸の左の横手の路地は裏手へ通じている。

小島は木戸を入り、表の格子戸《こうしど》を開け、中へ入った。

半坪のせまい土間に木の台つきの上《あが》り框《がまち》があり、障子を開けると四畳半、その奥が八畳で、お金がいるはずであった。

上り框のところの障子が開いていて、奥の間の襖《ふすま》は閉まっている。

上り框へ足をかけた小島伝七郎が、

「お金……」

声をかけたとき、閉めたばかりの格子戸が開き、

「ごめんなせい」

魚やが、顔を出した。

(こやつ、いま、すれちがった魚やではないか……)

振り向いた小島が、

「何だ?」

不興気《ふきようげ》にいったとき、上り框のところの、開いたままの障子の蔭に隠れていた藤枝梅安がすっとあらわれ、こちらへ背を向けた小島伝七郎を見下ろし、その頸《くび》すじへ手をのばした。

その手の中から仕掛針の細い細い光芒《こうぼう》が疾《はし》り出て、音もなく小島伝七郎の頸すじの急所へ

吸い込まれた。
声もなく、白眼《しろめ》をむき出し、小島は立ち竦《すく》んだ。
急に、雨が屋根を叩いてきた。
秋の時雨《しぐれ》であった。
仕掛針を抜き取った梅安が、小島を押しのけて外へ出た。
せまい土間の中で、小島の肥体が倒れる音がきこえた。
魚やに化けた彦次郎は、早くも格子戸を閉めている。
「梅安さん。降ってきたね」
「今度の事は、よくよく雨に縁があると見える」
川岸の道へ出ると、遊んでいた子供たちが駆けて来た。
飴やが太鼓で雨を避《さ》けつつ、豆腐屋の軒先へ走り込んだ。
梅安と彦次郎は小走りに入船橋をわたった。
川岸の道を左へ曲がると、向うに汐見橋《しおみばし》が見える。
橋の手前の舟着きに、小舟が一つ。
その小舟へ、梅安と彦次郎は乗り移った。
船頭が手ぬぐいの頰《ほお》かむりの中から、
「うまくいったようですな」

と、笑いかけてきた。

この船頭、小杉十五郎である。

「まあね」

と、彦次郎。

三人を乗せた小舟は、汐見橋をくぐった。

叩きつけるような雨の道を、人びとが走りまわっている。

藤枝梅安は菅笠《すげがさ》をかぶって、

(悦堂先生。これでようございましたろうか？　何やら先生には申しわけのないような……ですが先生。あの夜、一所懸命、必死に敵と斬り合って最後をとげた関口孫次郎が、日がたつほどに、何やら哀れにおもえてきて、こうしてやらなくては、何やら、この胸がおさまらなくなってしまったのでございますよ)

胸の内で、亡き恩師・津山悦堂へ語りかけていた。

堀川をすすむ小舟は、富岡八幡宮前の舟着場を行き過ぎようとしている。

「こいつはいけねえ。びしょ濡れだよ、小杉さん」

と、彦次郎。

「もう少しだ」

「それにしても小杉さん。おどろきましたぜ」

「何におどろいた？」

「立派な船頭だということさ」

「以前は、釣りが大好きだったのでね」

「なある……」

三人を乗せた小舟は、やがて雨の大川へ出て、行き交う大小の船の間を縫うようにして、何処かへ見えなくなってしまった。

梅安乱れ雲

寒鴉《かんがらす》

大きな置炬燵《おきごたつ》の櫓《やぐら》に、更紗染《さらさぞめ》の炬燵蒲団《こたつぶとん》が掛けられ、その上の盆に異国わたりの硝子《ギヤマン》の盃が三つ。

盃の中の赤い酒も、異国のものである。

江戸幕府が、外国との交渉を断ってから百何十年にもなるというのに、こうして、異国渡来の品が日本へ入って来るのは、いうまでもなく、密貿易が絶えないからだ。

「我慢をしようとおもうたが……やはり、我慢ができぬわ」

こう言った白子《しろこ》屋菊右衛門《やきくえもん》の声は、低くて、おだやかなものなのだが、その両眼には青白い殺気が光っている。

此処《ここ》は、大坂の道頓堀《どうとんぼり》・相生橋《あいおいばし》北詰にある料亭〔白子屋〕の二階の奥座敷で、主人《あるじ》の菊右衛門と炬燵を囲んでいるのは、二人の浪人者であった。

浪人というよりは、むしろ、剣客ふうの姿《いでたち》で、身につけているものも小ざっぱりとしていた。

一人は総髪《そうがみ》を髷《まげ》に結《ゆ》いあげた中年の男で、名を北山彦七《きたやまひこしち》という。

別の一人は、縮《ちぢ》れた総髪をうしろへ垂《た》らしている若い男で、これは田島一之助《たじまかずのすけ》という剣客である。

「恩を売るわけやないが、わしも藤枝梅安《ふじえだばいあん》には、よう面倒をみてやったつもりじゃ。が、まあ、それはよい。いまもはなしたとおり、梅安めは仕掛人《しかけにん》の掟《おきて》を破った上に、わしの手の者を何人も手にかけた。これはゆるせぬわい」

と、白子屋菊右衛門は、血色のよい、脂《あぶら》に光った顔を掌《て》で撫《な》でまわしつつ、

「お前さん方は、わしには取って置きの手持ちの駒《こま》やが、こうなったら、おもいきって、はたらいてもらわねばなるまい」

菊右衛門はギヤマンの盃の赤い酒を一気にのみほした。

表向きは料亭の主人でも、白子屋菊右衛門の、大坂の暗黒街における勢力は、町奉行所でも、

「一目《いちもく》を置かねばならぬ」

と、いわれているほどに大きい。

そうした菊右衛門が異国わたりの果実酒をのんでいるのは、少しもふしぎではないのやも知れぬ。

「二人がかりで梅安ひとりを殺《や》ってもらいたい。小杉十五郎のほうは手を出さぬがよろし。十五郎は腕の立つやつじゃ」

すると北山彦七と田島一之助が顔を見合わせ、微《かす》かに笑った。

菊右衛門は、

「何がおかしいのや。小杉十五郎が、どのようなやつか、お前さん方は知らぬのじゃ。十五郎には手を出さぬこと。むしろ、そのほうが藤枝梅安の始末がつけやすい。このことを忘れぬことや。よいか。よいな？」

念を入れた白子屋菊右衛門へ、北山彦七が、うなずいて見せた。

菊右衛門は、二人の前へ、小判五十両を置き、

「これは前わたしの金じゃ。今度の仕掛けは、わしが自腹《じばら》を切ってするのや。たのみましたぞ」

北山は自信たっぷりにうなずき、五十両をふところへ仕舞《しま》った。

「首尾《しゅび》よく梅安を、あの世へ送ってくれたなら、そのほかに百両」

そういった菊右衛門が、

「梅安を消してしまわぬと、この道の示しがつかぬ」

「元締《もとじめ》。安心をしていなさることだ」

と、北山彦七。

「たのむ。それで、いつ大坂を発《た》ちなさる?」

「年が明けてから、ゆるりと……」

若い田島一之助は、ぼってりとした厚い唇を舌で舐《な》めまわしながら、先刻から一言も口をきかぬ。その両眼は、むしろ、無邪気な色をたたえてい、顔だけ見ていると、髭《ひげ》の剃《そ》り痕《あと》もなく、まるで少年のようにおもえるが、年齢《とし》は二十五歳だという。

間もなく……。

背丈《せたけ》が高く、筋骨《きんこつ》のたくましい北山彦七と田島一之助は白子屋を出て、相生橋を南へわたった。

夜更けの空に、星が光っている。

橋をわたる人影もなかった。

この年も、暮れようとしている。

相生橋をわたりきったとき、北山彦七が田島一之助の肩を抱きしめ、

「な、一《かず》よ。その小杉十五郎というやつ、おもしろそうではないか」

「さよう」

「な……な。おもしろい」

いきなり、北山が頬骨《ほおぼね》の突き出た顔を田島の顔へ押しつけ、田島の唇を強く吸った。

田島一之助も両腕を北山の腰へまわし、北山の唇を吸い返した。

「な、元締には内証《ないしょう》だぞ」

「小杉十五郎とやらも、ついでのことに……」

「うむ、うむ。小杉を殺るのは、金ずくではない。わかるな？」

「わかります」

「よし、よし」

北山と田島は縺《もつ》れ合うようにして、闇の中へ消えて行った。

一

年が明けて、正月十日の午後も遅くなってから、藤枝梅安は音羽《おとわ》の半右衛門《はんえもん》を訪ねた。

三日ほど前に、半右衛門が品川台町《しながわだいまち》の梅安宅へ訪ねて来た。

そのとき梅安が外出《そとで》をしていたので、半右衛門は、留守居《るすい》をしていたおせき婆さんへ置文《おきぶみ》をあずけて帰って行ったのである。

置き文には、

「……ちと、お目にかかりたく参上いたしました。お気が向きましたなら、お顔を見せて下さいまし」

したためてあった。

音羽の半右衛門が藤枝梅安に会いたいというからには、

（おそらく、仕掛けの事なのだろう）

と、推測がつく。

だが、別の用事なのやも知れぬ。

（音羽の元締ゆえ、知らぬ顔もできまい）

表むきは、小石川の音羽九丁目で〔吉田屋〕という料理茶屋の主人《あるじ》におさまっている半右衛門だが、裏へまわれば、小石川から雑司《ぞうし》ヶ谷《や》一帯を縄張《なわば》りにしている香具師《やし》の元締だ。

江戸の暗黒街で、半右衛門の名を、

「知らぬものはない」

と、いってよい。

つまり、半右衛門は、江戸における白子屋菊右衛門のようなものだが、人柄は、かなりちがう。

藤枝梅安を迎えた半右衛門は、

「これはどうも、わざわざ、お運び下すって恐れ入ります。実は明日にも、また、御宅へうかがうつもりでおりましたので」

小さな躰を折り屈《かが》めるようにして梅安を奥の一間へ案内した。

この小さな老人は、六十にも七十にも見えるが、実のところ、五十をこえたばかりなのだそうな。

半右衛門の女房で、料理茶屋を一手に切りまわしているおくらは六尺に近い大女で、二十近くも年齢《とし》がちがう。

そのおくらが酒肴《しゅこう》の仕度をととのえてあらわれ、丁重《ていちょう》に梅安へ挨拶《あいさつ》をして出て行ってから、

「まず……」

半右衛門が、梅安の盃へ酌をしてから、自分の盃へも酒を給《つ》ぎ、

「梅安先生。明けまして、おめでとうございます」

「や、おめでとう……」

「今年《こんねん》も、相変りませず……」

と、半右衛門は意味ありげに口調をあらため、

「よろしく、お願い申しますよ」

「はい」

梅安は、うなずいたが、半右衛門の「今年も相変りませず……」というのは、

「今年も仕掛けをたのみます」

というようにきこえる。

だが、音羽の半右衛門は、さしさわりのない世間ばなしをしながら、梅安へ酒をすすめるのみだ。

(別に、今日のところは、何ということもないらしい)

と、梅安はおもった。

夕暮れ近くなったので、

「元締。では、これにて……」

梅安が辞去しようとするのへ、

「ま、よいではございませんか。お帰りには駕籠《かご》をよびます。ゆるりとして下さいまし」

半右衛門が手を打つと、おくらと女中たちが夕餉《ゆうげ》の膳を運んで来た。

掻鯛《かきだい》に、鴨《かも》の糝薯《しんじょ》の椀《わん》、甘鯛《あまだい》の味噌漬など、さすがに音羽随一《ずいいち》の料理茶屋だけあって、

「これは結構な……」

おもわず梅安は、舌つづみを打った。

「お気にめしましたか?」

「はい」

「それは何より」

やがて、膳が下げられ、市ヶ谷の菓子舗・大黒屋の銘菓《めいか》〔雪みぞれ〕が運ばれて来た後

で、

「さて……」

と、音羽の半右衛門が居住《いずま》いを直したので、

(やはり、そうだったのか……)

藤枝梅安は苦笑《にがわら》いを浮かべ、

「元締。私は当分、仕掛けはいたしませぬよ」

と、先手を打った。

「ですがねえ、梅安先生……」

「いや、申されるな。元締が蔓《つる》になっての仕掛けならば、いずれは、世のため人のためにならぬ悪人を消すことになるのでしょうが……」

「さよう。そのとおり」

意気込みを見せて膝をすすめた半右衛門を、手をあげて制した梅安が、

「ですが元締。このはなしはないものにしていただきたい。私は、いま、仕掛けなぞをする余裕《ゆとり》はないのだ」

ぴしゃりと、いいきった。

半右衛門は、やや反身《そりみ》になって梅安を見つめ、しばらくは沈黙していたが、梅安が煙管《きせる》へ煙草をつめかけたときに、

「梅安先生。この仕掛けは、先生の鍼《はり》で、何人もの患者の病いを癒《なお》すのと同じことだとおもいますがね」

じっくりと、いった。

梅安は無言で、煙管を口へ持っていった。

「いけませせぬかえ?」

「はい」

「どうしても?」

「はい」

と、梅安は膠《にべ》もなかったが、半右衛門は屈せず、

「仕掛料は、三百両」

と、いった。

藤枝梅安は煙管を口からはなして、半右衛門を見た。

人ひとりの仕掛料が三百両だというのなら、これは法外《ほうがい》なものといわねばならぬ。

当時の三百両は、庶民の一家族が二、三十年は暮せるほどの大金であった。

梅安がおどろいたのは、大金に気をひかれたのではなく、

(これは、よほどに大物を仕掛けるにちがいない)

そうおもったからだ。

（もしやすると、一人の仕掛料ではないのやも知れぬ。二人か、三人か……？）

その梅安の胸の内を察したかのように、半右衛門が、

「ひとりで三百両でございます。そのほかに仕度金として五十両」

「ふうむ……」

「いかがで？」

「いまの私には、つとまりませぬよ」

「いつになったら、引き受けて下さいますので？」

「さあ……」

「わかりませぬか？」

「はい」

「世のため、人のためになる仕掛けでございますよ」

「わかっておりますよ、元締」

藤枝梅安は煙管を煙草入れにおさめ、

「では、これにて」

と、立ちあがった。

「やれやれ……」

いいながらも、半右衛門は微笑を浮かべて立ちあがり、

「駕籠が待っておりますよ」

「すみませぬなあ」

「何の、何の……」

座敷から小廊下へ出たとき、音羽の半右衛門が藤枝梅安へ摩《す》り寄って来て、

「なあに、急ぎませぬよ」

「え……？」

「なれど、仕掛けが遅れれば遅れるほど、人の世に毒が振りまかれることになります」

「…………」

「梅安先生」

「む？」

「音羽の半右衛門は、まだ、あきらめてはおりませぬよ」

二

小石川の音羽から、品川台町の自宅までは二里余の道のりがある。

時刻は、五ツ（午後八時）前であったが、

（今夜は、井筒《いづつ》へ泊ろう）

と、梅安はこころをきめて、町駕籠の中から、

「浅草の橋場《はしば》へやってくれ」

駕籠舁《か》きへ、声をかけた。

それから、どれほどの時間《とき》が過ぎたろう。

駕籠に揺られながら、馳走《ちそう》になった酒の酔いに、藤枝梅安はうとうととしていたが、

（……？）

何か、異様な気配が、梅安を目ざめさせた。

常人ならば、それと気《い》づかなかったろう。

現に、駕籠舁きたちは、何事もないように、梅安を乗せた駕籠を担《かつ》ぎ、ゆっくりと歩んでいる。

しかし、仕掛人としての藤枝梅安は、これまでに何度も生死の境を潜《くぐ》りぬけてきている。

その、研《と》ぎ澄《す》まされた感能《かんのう》のはたらきは、常人のものではない。

（だれかが、この駕籠を……いや、私を尾《つ》けている……）

このことであった。

「これ、駕籠やさん」

と、垂《た》れをあげた梅安が、

「此処は、どこだね？」

「へい。本郷の通りへ出たところでござんす」

「そうか。ならば此処でよい。おろして下さい」

「浅草へ、おいでなさるのではねえので？」

「少しばかり、用事を思い出したのでな。よいから、おろしてくれ」

「へい、へい」

駕籠が停まった。

藤枝梅安は駕籠を出て、駕籠舁きへ〔こころづけ〕をわたした。

「いえ、もう、そんなことをなすってはいけません。音羽の元締に叱られます」

「黙っていればよい。少ないが、取っておきなさい」

「さようで……それでは、ちょうだいします。ありがとうござんした」

去って行く町駕籠を見送ってから、梅安は商家が軒をつらねている本郷一丁目の通りを突切り、春木町《はるきちょう》の道へ入った。

両側は幕府《こうぎ》の組屋敷で、暗い夜道には人影もない。

梅安は、駕籠舁きがわたしてよこしたぶら提灯《ぢょうちん》を手に、しばらくは組屋敷の塀外に佇《たたず》んでいた。

もしも、刺客《しかく》に襲われたとき、駕籠の中にいたのでは、

（どうにもならぬ……）

ことになる。

剣客・小杉十五郎《こすぎじゅうごろう》にからむ、白子屋菊右衛門と藤枝梅安との確執《かくしつ》は、もはや、

「抜きさしならぬもの……」

と、なってしまった。

白子屋の息がかかった、神田明神下の宿屋・山城屋《やましろや》伊八《いはち》は、いまも、梅安のうごきから目をはなさぬとおもってよい。

四千石の大身旗本・池田備前守家の内紛《ないふん》と、小杉十五郎を狙う旗本たちと、白子屋菊右衛門が、

「梅安を殺せ」

江戸へさしむけた刺客関根重蔵とが絡《から》み合った事件は〔梅安針供養《はりくよう》〕の一篇にのべておいたが、いつまた、関根重蔵のように手強《てごわ》い刺客が、

(私に襲いかかって来るか、知れたものではない……)

のである。

あの事件は一昨年のことで、その後、梅安と十五郎・彦次郎の三人は豆州《ずしゅう》・熱海《あたみ》に隠れ、去年の春に江戸へもどって来たが、

(白子屋は、あきらめるような男ではない)

と、梅安は、よくよくわきまえている。

いまの藤枝梅安は、本業の鍼医者《はり》として日々を送っていた。

品川台町の家は、すでに、白子屋に目をつけられており、住み暮すことは危険なのだが、梅安をたよって来る患者のことを考えると、他の場所へ引き移ることもできぬ。

あの事件で、塩入土手《しおいりどて》の家を焼かれた彦次郎と小杉十五郎は、おせき婆さんの世話で、梅安宅からも近い百姓家を借り、住み暮しているが、

(あの二人のことも、考えてやらねば……)

身が危険なのは、梅安のみではないのだ。

それに、去年の暮ごろから、品川台町の家のまわりを、

「妙な男が、うろついていたよ、先生」

と、おせきが二度ほど、梅安に告げたことがある。

外出をするとき、梅安は、衿《えり》の上前《うわまえ》の裏へ自分で縫いつけた〔針鞘《はりざや》〕の中に、長さ三寸余の仕掛針を二本ひそませてある。

これが梅安にとっては、唯一の護身用の〔武器〕といってよい。

その仕掛針を引き抜き、藤枝梅安は、いま、来るべきものを待っている。

組屋敷の塀の裾《すそ》へ、提灯の火を吹き消した梅安の、大きな躰が屈み込んだ。

逃げることもできたが、

(どんなやつか、正体を見てくれよう)

と、思案が変った。

相手を見きわめてからでも、逃げ道はある。

と……。

本郷の通りから、春木町の道へ入って来た人影が星明りに見えた。

闇に慣れた梅安の目が、この男の姿をとらえ、

(なあんだ……)

屈んでいた巨体を起したとき、

「梅安どの……」

男も梅安に気づき、声をかけて近寄って来た。

男は、小杉十五郎であった。

「私を尾けていたのが、小杉さんだとはおもわなかった……」

「尾けていたのではない。これでも、あなたの身を護《まも》っているつもりだ。昼すぎに、梅安どののところへ行くと、おせき婆さんが、先生は音羽の半右衛門どのを訪ねに出たというので、後を追って来て、あなたが帰るのを外で待っていた」

「それは、それは……」

やや呆《あき》れ気味に、梅安が、

「なぜ、吉田屋へ入っておいでなさらなかった?」

「それでは、私のすることがむだになってしまう」

「ふうむ……」

「梅安どのに危害をあたえようとする者があれば、最後まで、私は姿を隠していたほうがよい。なれど……」

いいさして、小杉十五郎が笑い出した。

「なれど、梅安どのに気づかれてしまっては仕様もない」

二人は、肩をならべて歩み出した。

「これは、とんだ御苦労をかけてしまいましたね、小杉さん」

「なんの……」

「ありがたいことで……」

梅安の胸の内が、熱くなってきた。

「梅安どの。去年の暮ごろから、妙な男が、あなたの家のまわりをうろついていたそうな」

「おせきが、しゃべったのですな」

「また、白子屋菊右衛門が、何か為《し》かけてくるのではあるまいか……」

「さて……」

「私のために、とんだ迷惑をかけてしまった」

「なんの、白子屋を怨《うら》みたいのは私のほうですよ。私は何も、あなたを仕掛人にしたくて、白子屋へ身柄をあずけたのではない。それは、白子屋もわきまえていたはずなのに……」

「いや、仕掛けをのぞんだのは、私のほうなのだ」

「いけませぬ。それだけはいけませぬよ」

いいながらも藤枝梅安は、わが声の虚《むな》しさを隠しきれない。

いまさらに、

「いけませぬ」

そういったところで、小杉十五郎は、梅安の仕掛けを何度も手つだってしまっているのだ。

「彦さんは、何をしていました？」

「また、楊子《ようじ》つくりをはじめたいとかで、道具をととのえに出て行ったようだ」

梅安同様の仕掛人である彦次郎《ひこじろう》の、表向きの仕事は楊子つくりだ。

彦次郎がつくるのは、歯を掃除する〔ふさ楊子〕と〔平楊子《ひらようじ》〕で、以前は浅草寺・参道の卯《う》の木屋《きや》という店へ品物をおさめていたものだ。

卯の木屋の楊子は、江戸でも有名なものだし、その店へ品物をおさめているとなれば、楊子つくりの職人としての彦次郎の腕も、およそわかろう。

「のう、梅安どの……」

しばらくの間、無言で歩みつづけていた小杉十五郎が声をかけたとき、二人は、湯島天神の境内へ入っていた。

天神社の門前には料理茶屋や茶店がならび、三味線の音もきこえている。

「何か、な?」

「いつまでも、このままにしておくおつもりか?」

「何を……?」

「白子屋菊右衛門を……」

「小杉さん……」

「梅安どのは江戸にいて下さい。私が行く。行って始末をつけて来る」

「始末……」

「さよう。こうなれば、菊右衛門にあの世へ行ってもらわぬかぎり、始末はつきますまい」

「…………」

「私は、あなたに黙って、大坂へ向うつもりでいたが、梅安どのと白子屋菊右衛門とは深い関《かか》わり合いがあるとか……ゆえに、梅安どののゆるしを得なくてはならぬと思案をしていました」

「小杉さん。白子屋を始末するとなれば、私ひとりでやります。これは私のことなのだ」

「いや、私のことでもある」

三

翌朝。

藤枝梅安は、浅草・橋場の料亭〔井筒〕の離れ屋で目をさました。

座敷女中のおもんの寝顔が、梅安の胸に凭《もた》れていた。

いまは〔井筒〕の主人夫婦も、奉公人たちも、おもんと梅安の仲をみとめているし、

「それをいいことに、私も、このごろはあつかましくなってしまって……」

と、おもん自身がいうように、梅安が〔井筒〕へ泊るときは、おもんも離れ屋で共に眠るようになってしまっている。

「これ……これ、おもん……」

梅安の声に目ざめたおもんが、梅安の寝間着の胸元を掻きわけ、胸肌へ顔を押しつけてきた。

雨戸の透間《すきま》から、朝の光りが白い線になって見えているが、部屋の中は薄暗い。

有明行燈《ありあけあんどん》の火も消えていた。

「寝すごしたようだぞ」

おもんはこたえず、梅安の厚い胸へ唇を押しつけてきた。

「よいのか、起きなくても……」

おもんは目を閉じたまま、こたえない。

おもんの髪油《かみあぶら》と、肌のにおいとが、夜具の中に蒸《む》れこもっている。

おもんの舌が、梅安の胸肌を這《は》いまわりはじめた。

「もう、よしなさい」

「いや……」

「起きなくてはならぬ」

「今夜も、泊って下さいますか？」

「そうだな……」

それもよいとおもった。

いまのところ、さしせまった病状の患者もいない。

昨夜、あれから小杉十五郎も共に〔井筒〕へ来て、別の客座敷へ泊っている。

(そうだ。小杉さんと、朝からゆっくり、のみつづけるのもわるくはない)

このところ梅安は、ほとんど外出をせずに、患者の治療に専念してきた。

元日には、同じ品川台町に住む下駄屋の金蔵《きんぞう》が、また、胃が痛み出したといってあらわれたし、そのほか、五人もの患者が治療を受けにあらわれたほどなのだ。

「よし、今夜も泊ろう」

「ほんとうに？」

と、おもんの声が弾《はず》んだ。

「だから、起きてもよいだろう」

「あい」

うれしげに、おもんは半身を起したが、

「さ、寒い……」

身をふるわせ、

「先生。目をつぶっていて下さいな」

「こうか？」

「あい」

寝乱れた姿を、見られたくなかったのであろう。

梅安が目を開けたとき、おもんの姿は離れ屋から消えていた。

梅安は起きあがり、雨戸を引き開け、奥庭の冷めたい朝の大気を離れ屋の中へ入れておいて、また、臥床《ふしど》へもぐり込んだ。

しばらくして、

「先生。お目ざめでございますか？」

声をかけ、中年の座敷女中おかねが入って来た。

「ああ、起きている。もうよいだろう、障子を閉めておくれ」

「はい」

「小杉さんは、もう起きていなさるかね？」

「はい。もう疾《とっく》に、お帰りになりましたけれど……」

「何……」

藤枝梅安が飛び起きて、

「いま、何刻《なんどき》だ？」

「五ツ半ごろでしょうか」

小杉十五郎が、

「梅安どのを、ゆっくりと、寝かせておいてあげなさい」

そう言い置いただけで、井筒を出て行ったのは六ツ（午前六時）ごろだというから、三時間ほど前のことになる。

梅安は手早く身仕度をととのえながら、おかねに、

「駕籠をよんでくれ」

「まあ……」

「急ぐ。早くしてくれ」

梅安の顔色は変っていたにちがいない。

おかねは、おどろいて離れ屋から出て行った。

間もなく……。

藤枝梅安を乗せた町駕籠が、品川台町を目ざして、井筒から出て行った。

がっかりして見送るおもんの肩を叩いて、おかねが、

「おもんさん。お気の毒さま」

「梅安先生ったら、いつも、こうなのだから……」

梅安は、小杉十五郎が、

(私には黙って、大坂へ発ったのではあるまいか?)

と、直感をした。

昨夜の十五郎の言葉や意気込みから推してみて、

(小杉さんは、単身で、白子屋菊右衛門を斬るつもりなのだ)

そうおもった。

となれば、

(何としても、押しとどめなくてはならぬ)

十五郎の、剣客としての手練《しゅれん》のほどは、梅安もよくわきまえているが、

(菊右衛門の恐ろしさを、小杉さんは、まだ知ってはおらぬ……)

というのも、白子屋菊右衛門の身辺には二重三重に護衛の目がゆきとどいているからだ。

十五郎も白子屋に滞在をしていたことがあるから、そのことをわきまえているはず、と思えようが、そうではない。

いかな小杉十五郎でも、それはわからなかったろう。

何故というに、当時の十五郎は藤枝梅安の依頼によって、白子屋菊右衛門が身柄を引き受けたのだから、いわば、

「味方であって、敵ではない」

存在だったからである。

(敵ではない)

と、見きわめがついているものに対して、菊右衛門は全く警戒をしない。

したがって、護衛の必要もない。

ないから、十五郎の目にも耳にもわからないことになる。

だが、藤枝梅安と白子屋菊右衛門との関わり合いは、もっと深い。

刺客に襲われたときの菊右衛門を、二度も、梅安は目撃している。そのとき、同席していた梅安自身も、白子屋と共に襲われたといってよい。

梅安も白子屋も、小杉十五郎のような剣の遣《つか》い手《て》ではない。

そこへ、三人も、手だれの浪人刺客が斬り込んで来たなら、それこそ、たまったものではない。いかな梅安の、仕掛針も役には立たぬ。

藤枝梅安の仕掛針は、仕掛人としての知能と段取りによって、生きるのである。

そのとき、白子屋と梅安を襲った刺客たちは、廊下の壁や天井からあらわれた、白子屋の護衛たちによって阻止され、その間に、白子屋と梅安は逃げることを得た。

大坂の白子屋はむろんのこと、京都にある菊右衛門の妾宅《しょうたく》（これも茶屋）にも、壁の向うや天井の上に護衛の溜《たまり》が設けられている。

そうした場所でなくては、白子屋菊右衛門は寝起きをせぬ。

直接に手を下さぬにせよ、菊右衛門が仕掛人を使って奪い取った人のいのちは、何十人におよぶだろうか……。

いや、百人をこえているやも知れぬ。

では、江戸の音羽の半右衛門はどうなのであろうか。

半右衛門が起居している場所にも、白子屋のような仕掛けが、ほどこしてあるのだろうか。

あったにせよ、それは藤枝梅安の目にはふれまい。

なぜなら、

（いまのところ、私は音羽の元締の敵ではないのだから……）

なのである。

四

藤枝梅安が、品川台町の家へ帰って来ると、治療の患者たちが梅安の帰りを待って、五人ほど詰めかけて来た。

「あれまあ、先生。また朝帰りかよ」

近くの農家から、女中がわりの手つだいに来ているおせき婆さんが、大声をあげて出迎えるのへ、

「婆さん。小杉さんはどうした？」

「それがさ、先生……」

十五郎と彦次郎が住んでいる百姓家へ、おせきは今朝早く、いつものように朝餉《あさげ》の仕度に出向いて行くと、

「彦さんも昨日《きのう》出たっきり帰っていねえで、小杉さんが、ひとりで旅仕度をしていなさるでねえかよ」

「何、旅仕度だと……」

「へえ。朝飯はいらないと言いなすって、すぐに、出て行ってしまっただよ」

「ふうむ……で、私に、何か言付《ことづ》けはなかったか？」

「へえ、別に……」

「そうか……」

やはり、小杉十五郎は、

(白子屋菊右衛門を討つために……)

大坂へ向ったとしかおもわれぬ。

藤枝梅安は、一瞬、沈黙をしたが、すぐに肚《はら》が決まったらしく、

「婆さん。今日は、もうこれで帰ってよい」

「飯の仕度はいいのかよ?」

「いいからお帰り」

「へえ……」

「あ、それからな。私も、これから出かけて、しばらくは帰れぬとおもうから、後をたのむ」

「また、そんなことを……」

おせきが、目を剝《む》いていいかけるのへ、

「さ、お帰り」

いい捨てて、梅安は患者たちが待っている部屋へ入り、

「急に、退《の》っ引《ぴ》きならぬ用事ができたので、今日は治療ができぬ」

と、いった。

すでにのべたごとく、いまのところ、打ち捨ててはおけぬような患者は一人もいなかったので、患者たちもぶつぶついいながら引きあげて行った。

梅安は居間へ入り、旅仕度にかかった。

そこへ、おせきが、大ぶりの茶碗へ熱い茶をたっぷりと汲《く》み、運んで来た。

「まだ、いたのか」

きびしい梅安の面持《おもも》ちと声音《こわね》に、さすがのおせきも声が出ない。

「そうだ。婆さん、彦さんが帰って来ているかどうか、見て来てくれぬか？」

用事をいいつけられたので、おせき婆はよろこんで出て行った。

（さて……？）

小杉十五郎は、梅安が追いかけて来ることを予想した上で、江戸を発ったのであろうか……。

十五郎ほどの男だ。それをわきまえた上のことなのであろう。

そうだとすると、十五郎は、どこまでも梅安に先行して、大坂へ到着するつもりにちがいない。

しかし、これから梅安が江戸を発てば、十五郎との差は、わずかに二刻（四時間）ほどだ。

この二刻を、梅安がちぢめるのは、

（わけもない……）

ことのようにおもわれる。

馬をつかい、駕籠をつかって急行すれば、

（かならず追いつける……）

と、梅安は自信をもっているし、十五郎も、それを知らぬわけではあるまい。

知っていて、十五郎は何故、このような行動に出たのであろうか。

（そこが、わからぬ……）

旅仕度で、梅安には何の言付けもなく江戸を発ったからには、まさしく、白子屋菊右衛門殺害を、

（目ざしているに相違ない……）

としか、おもわれぬ。

藤枝梅安は、居間の床の間の床板《とこいた》を外《はず》し、床下の瓶《かめ》の中へ隠しておいた金のうちから五十両ほどを出し、これを胴巻《どうまき》へ入れた。

やがて……。

おせき婆が、息せき切って駆けもどって来て、

「彦次郎さんは、まだ、帰《けえ》っていませんよう」

と、告げた。

「そうか……仕方もないな」

「そんな旅仕度をして、先生は、何処へ行きなさるだよ？」

「お前さんには、関わり合いのないことだ」

「すぐに、お発ちなさるのかね？」

「うむ」

「彦次郎さんが帰って来たら、何といいます？」

「そうだな……」

梅安は、彦次郎へ置手紙を書くことも考えたが、そうなると、

（彦さんも、私の後を追って来る……）

ことは、あきらかだ。

（この上、彦さんにまで面倒をかけたくはない）

梅安は、茶碗に残った茶をのみほしてから、

「彦さんには、心配をせずに待っているよう、つたえておくれ」

「そ、それだけでいいのかね？」

「それだけでよい。後の戸締りをたのむぞ」

「いいともよ」

家を出た藤枝梅安は、菅笠《すげがさ》をかぶり、白の手甲《てっこう》・脚絆《きゃはん》に道中合羽《どうちゅうがっぱ》という姿《いでたち》で、品川台町の坂道を南へ下って行った。

昨日は晴れていた空も、灰色の幕に被《おお》われ、冷え込みが強《きつ》い。

江戸から大坂へおもむくには、東海道と中仙道《なかせんどう》の二街道を行くことになるが、道を急ぐとなれば、雪降る木曾路《きそじ》をぬけての中仙道より、東海道をえらぶのが当然である。

まさかに、小杉十五郎が、中仙道をとるとはおもわれなかった。

こうしたときに、迷いが生じてはいけない。

梅安は中原《なかはら》街道から丸子《まりこ》を経て、一気に川崎まで歩み、そこから駕籠を雇って十五郎を追うつもりであった。

梅安が川崎宿《しゅく》へ入ったときには、すでに夕闇がただよっていた。

けれども、急がねばならぬ。

梅安は宿場で道中駕籠を雇い、こころづけをはずみ、

「神奈川まで行ってくれ」

と、いった。

そのころ……。

小杉十五郎は、早くも程《ほど》ヶ谷《や》の宿へ入っていた。

さすがに、剣客として鍛《きた》えぬかれた十五郎の脚力はたくましい。

十五郎は、街道に出て泊り客を呼び込もうとしている旅籠《はたご》の男や女中たちに目もくれず、程ヶ谷を通り抜けてしまった。

夜に入っても、相州《そうしゅう》・戸塚《とつか》の宿まですすむつもりである。

宿外れの枯木の枝にとまった鴉《からす》が一羽、通り過ぎて行く小杉十五郎を凝《じっ》と見下ろしていた。

兇刃

「おい、一《かず》よ。おい……これ、おい……」

「はあ……」

「こいよ、此処《ここ》へこいよ。暖いぞ、炬燵《こたつ》は……」

「いま、行きます」

「何をしている?」

「いえ、ちょっと……」

「何だ、何を書いているのだ?」

旅籠に備えつけの硯箱《すずりばこ》を引き寄せ、若い剣客の田島一之助は、先刻から、しきりに何か書いている。

手紙を書いているのではないらしい。

もっとも田島が手紙を書いている姿など、共に暮している北山彦七は、これまでに一度も見たことがない。

四日前に大坂を出た二人は、この日の夕暮れに、伊勢《いせ》の桑名《くわな》へ着き、京屋小兵衛《きょうやこへえ》という旅籠へ旅装を解いたのである。

北山と田島は、大坂の香具師《やし》の元締《もとじめ》・白子屋菊右衛門が、

「わしには取って置きの手持の駒《こま》や」

そういっているところを見ると、相当の手練者《てだれ》とみてよい。

剣客ではあるが、この二人、白子屋から大金をもらい、これまでに何件もの暗殺をおこなってきている。

藤枝梅安や彦次郎ならば、この二人を、

「仕掛人《しかけにん》」

と、見ないであろう。

金にさえなれば、善の人を殺すことも平気でやってのける男たちだからだ。

ゆえに彼らを、筆者も、

「暗殺者」

と、よぶことにしよう。

だが、田島一之助などは、そうした呼称《こしょう》とは無縁の若者に見えた。

縮《ちぢ》れた総髪《そうがみ》をうしろへ垂らしたところなどは、

(ひとかどの剣客を気どっている……)

ように見えるが、双眸《そうぼう》は黒ぐろとして一点の邪気《じゃき》もないようだし、ぼってりとした厚い唇を子供のように舌で舐《な》めまわしつつ、

「やあ、これは旨《うま》そうだ」

食膳に向って嘆声を発し、いそいそと箸をとるありさまなどは、二十五歳の若者ともおもえぬ。

「これは、どうでしょう?」

と、田島一之助が、書き散らしていた半紙の中の一枚を手に、炬燵へ入って来た。

「何だ、これは……」

北山彦七が受け取って見ると、その半紙には、

一剣

と、したためてあった。

「いっけん、と読むのか?」

「さよう」

「これは？」

「私の号です」

「ほう……」

目をみはった北山が、くすくすと笑いながら田島を抱き寄せ、

「一剣・田島一之助。田島一剣か」

「いかがでしょう」

「ふむ、ふむ……可愛ゆいやつ、可愛ゆいやつ」

北山が田島へ頬《ほお》ずりをしながら、

「この号のいわれは？」

「剣一筋に生きるということです」

何の矛盾もなく、田島一之助がこたえる。

「なるほど、ふむ」

「いかがでしょうか？」

「よいとも、一《かず》よ。田島一剣……いかにも、ひとかどの剣客らしい」

「ありがとうございます」

田島一之助が、うれしげに笑う顔を北山彦七が撫でまわしつつ、

「田島一剣となって、初の獲物は……」

いいさすのへ、

「ぜひとも私に、小杉十五郎を、おゆずり下さい」

「よいとも、よいとも。お前ならば、きっと小杉を斬って殪《たお》せよう」

「はい」

田島には、無邪気な自信がみちあふれていた。

「な、一よ」

「はい？」

「ゆるりとやろう、ゆるりと、な」

盃の酒を口へふくんだ北山が、口うつしに、その酒を田島へのませた。

二人がいる旅籠の二階の部屋の外は掘割《ほりわり》で、船頭の鼻唄が小舟と共にながれて行った。

伊勢の桑名は、松平家十万石の城下町でもある。

京都から二十九里半余。江戸へ九十六里の桑名は、東海道五十三次の要衝《ようしょう》といってよい。

北山と田島は、明日、揖斐《いび》川に沿った桑名から船に乗り、伊勢湾の海上七里をわたり、尾《お》張《わり》の宮《みや》（現名古屋市熱田《あつた》）へ着き、東海道を江戸へ下るわけだ。

「な、一よ。おれはな、寒いときの仕掛けは好きでない。知っているな、一よ」

「はあ……」

「春になってからでよい。藤枝梅安と小杉十五郎を殺《や》るのは桜花《はな》のころがよい」

「ですが、白子屋の元締は急《せ》いているようでした」

「うふ、ふふ……」

ふくみ笑いをした北山彦七が、抱き寄せたままの田島一之助の耳朶《みみたぶ》を軽く噛みながら、

「急いているのは一ではないか。早く、小杉を斬りたいのだろう？」

「はい」

「よし、よし。急くな。江戸へ入る前に、ちょいと寄り道をして行こう」

「何処《どこ》へ？」

「伊豆の熱海だ。一は、まだ知らぬな、熱海を」

「知りません」

「なんともいえぬ、よいところだ。海を見ながら、あふれ出る温泉《ゆ》につかり、のんびりしてゆこう。な……」

「わかりました」

「よし、きまった。それにしても一よ。今度の仕掛けは、たのしみだな。白子屋が、おれたちをさしむけるほどの相手だ。やり甲斐があるぞ」

「そのことです、北山さん」

「うむ、うむ……」

やがて、男色《だんしょく》の二人は、一つの臥床《ふしど》で抱き合った。

「桑名は、ほれ、夕餉《ゆうげ》の膳に出た焼蛤《やきはまぐり》が名物なのだ。明朝、湯豆腐の中へ蛤を入れさせて、のむ酒は旨いぞ。ゆるりとだ。な、明日も、ゆるりと発《た》とう。な、な……」

一

この日の朝も暗いうちに相州・戸塚の旅籠を発《た》った小杉十五郎は馬入川《ばにゅう》（相模川）を舟でわたり、平塚の宿《しゅく》を過ぎた。

ときに五ツ半（午前九時）ごろだったから、十五郎の健脚ぶりは、

「大したもの」

と、いわねばなるまい。

（梅安どのへ、置き手紙を残しておくべきだったろうか……？）

いまにして十五郎は、そのことが気にかかる。

（梅安どのは、私が白子屋菊右衛門を討ちに行くことを、さとったのではあるまいか……）

となれば、藤枝梅安のことだ。おそらく十五郎を追って江戸を発つにちがいない。

十五郎は一昨夜、橋場の料亭〔井筒〕で、梅安と酒を酌《く》みかわしつつ、梅安の説得を受けいれて、

「わかった。梅安どののゆるしなくして、白子屋を討つことはせぬ」

はっきりと、こたえておいた。

そのときは、まさに、そうおもったのだが、井筒の一間で臥床《ふしど》へ身を横たえ、眠ろうとしても、なかなかに眠れぬうち、十五郎の思案が変ってきたのである。

（やはり、白子屋を斬ってしまわなくてはならぬ。そもそも、梅安どのと白子屋菊右衛門との間に確執《かくしつ》が生《しょう》じたのは、私の所為《せい》なのだ）

小杉十五郎は、牛堀《うしぼり》道場の跡目《あとめ》をつぐことになったとき、他の門人たちの妬《ねた》みを買い、これまでに何度も襲撃を受けているし、十五郎も我身《わがみ》をまもるために反撃し、これまでに旗本の子息や家来・親類たちを何人も斬って捨てている。

こうなると十五郎は、お上《かみ》の〔おたずね者〕になったわけで、町奉行所でも十五郎の人相書《がき》をまわし、探索をしているはずだ。

藤枝梅安は、十五郎が江戸に潜《ひそ》みつづけていることの危険を感じ、十五郎を大坂の白子屋菊右衛門へあずけることにした。

その折、梅安は、

「この小杉十五郎という人は、仕掛けの道とは無縁の人ゆえ、そのつもりで二、三年、身柄をあずかっていただきたい」

と、念を入れておいた。

それほどに梅安は、白子屋を信頼していたのだ。

それにもかかわらず、白子屋は、十五郎の腕を見込み、仕掛人のひとりに仕立てあげようとした。

十五郎もまた、おのれの行末《ゆくすえ》に見きわめをつけ、半《なか》ば自暴自棄のかたちで白子屋の請《こ》いを受けいれ、江戸へもどって来たのだ。

「とんでもないことだ」

と、梅安は拒絶の反応をしめし、むしろ、十五郎を暗黒の世界へさそい込んだ白子屋菊右衛門を怨《うら》んだ。

白子屋は白子屋で、藤枝梅安の拒絶に怒り、いまや双方が、

「ぬきさしならぬ……」

険悪の状態になってしまっている。

何人もの血がながれた。

それでも藤枝梅安は、以前の義理を重んじ、われから白子屋を憎むことはせぬが、白子屋菊右衛門のほうでは、憎悪と意地ずくが一つになり、なんとしても、

「梅安を、この世から消してしまわなくては、わしの渡世《とせい》のしめしがつかぬ」

と、おもいきわめている。

白子屋菊右衛門は、単なる香具師の元締ではない。

大坂の町奉行所へも白子屋の息がかかっているほどの、暗黒の世界の大立者《おおだてもの》なのだ。

その勢力は大坂のみならず、京都へも江戸へもおよんでいる。

これまでの例を見ても、白子屋が、いったん決意をしたからには、

(何を為《し》てのけるか、知れたものではない……)

のである。

白子屋は、手だれの仕掛人を数多く抱えているそうな。

そうした連中が江戸へ乗り込んで来て、藤枝梅安と小杉十五郎の命をねらうとなれば、

(梅安どのとて、落ちついて鍼《はり》の治療もできぬ。そうなれば、梅安どのをたよりにしている病人たちへも……)

影響がおよぶのは、必然といえよう。

十五郎は井筒の一間で決意をかためるや、朝も暗いうちに井筒を出て、品川台町の仮寓《かぐう》へ引き返し、手早く旅装をととのえた。

そこへ、おせき婆があらわれたので、

「すぐに帰る」

とのみ、いっておいた。

だが、おせきは梅安の「何か言付《ことづ》けはなかったか?」という問いかけに「へえ、別に……」と、こたえている。

朝早く出たり帰ったり、梅安・彦次郎や十五郎の、これまでの行動を知っているおせきとしては、格別《かくべつ》、気にもとめなかったのであろう。

(もはや、こうなったからには、どうしようもない)

梅安が追ってくるよりも早く、自分が大坂へ入り、一気に白子屋菊右衛門を討ち取ってしまえばよいのだ。

十五郎は、尚《なお》も足を速めた。

たとえ、藤枝梅安が駕籠《かご》や馬で追って来ようとも、追いつかれぬ自信はある。

ことに、遠州《えんしゅう》の浜松へ着けば、騎乗の馬を借りるあてもある。

浜松は、井上河内守《いのうえかわちのかみ》六万石の城下であり、小杉十五郎の亡父の親友で、成川八蔵《なるかわはちぞう》という人が井上家に仕え、馬術の指南役をつとめているのだ。

以前、十五郎が牛堀道場に身を落ちつけてからは、文通もあり、先年、大坂から江戸へもどって来るときも立ち寄って、挨拶《あいさつ》をしてきた。

「恩人のために、大坂へ急がねばなりませぬ」

といえば、馬も貸してくれよう。

男子をもたぬ成川八蔵は、十五郎に目をかけてくれ、井上家への仕官のことを考えてくれているらしい。

もっとも十五郎は、江戸における事件の数々を、成川へ一言も洩《も》らしてはいなかった。

冬晴れの東海道を、小杉十五郎は風を切ってすすむ。

擦《す》れちがった旅人が、その足の運びの速さに目をみはって、十五郎を見送るほどであった。

十五郎は、今夜のうちに、一気に箱根の関所を越えてしまうつもりでいた。

関所手形《てがた》（身分証明書）がない旅なのだから、堂々と関所を通ることはできぬが、金しだいで、どうにでもなる。

それを商売にしている人足もいれば、旅籠もある。

こうしたことは、梅安や彦次郎や白子屋菊右衛門に教えられている小杉十五郎だが、肝心《かんじん》の白子屋菊右衛門を襲う手筈《てはず》、段取りについては、深く考えていない。

以前に、白子屋の世話になっていたときの経験から推《お》して看《み》て、

（いのちがけでかかれば、仕とめられぬことはない）

と、自信をもっている。

以前の白子屋は、藤枝梅安を信用していればこそ、十五郎にも警戒の念を抱かなかった。

そこが、いまの十五郎にはよくのみこめていない。

白子屋菊右衛門の居間の壁や天井が二つに割れ、中に潜《ひそ》んでいる警護の刺客《しかく》が飛び出して来るなどとは、おもってもみない。

その刺客を斬って捨てたにせよ、その間に、白子屋は逃げてしまう。

藤枝梅安から見れば、そうした十五郎が、

(危くて、見てはいられない……)

のであった。

そこがまた、十五郎のよいところなので、かっては江戸の剣術界で、

「それと知られた……」

牛堀九万之助《くまのすけ》が、死にのぞんで、自分の道場をゆずりわたそうとしたほどの小杉十五郎なのだ。

その人柄を愛すればこそ、藤枝梅安も彦次郎も、

(小杉さんを、仕掛人などにしたくはない……)

のである。

さて、間もなく……。

小杉十五郎は、大磯《おおいそ》の宿場《しゆくば》へ入った。

風も絶えた快晴の日和《ひより》で、道を急ぐ十五郎の躰は薄汗《うすあせ》に濡れている。

今朝は早発《はやだ》ちでもあり、旅籠を出て、すぐさま速足となることを考えた十五郎は、熱い根深汁《ぶかじる》を一椀《ひとわん》、口にしただけゆえ、此処まで来ると、さすがに空腹をおぼえた。

宿場を通りぬけ、小磯《こいそ》の松並木へさしかかったところで、十五郎は左側の茶店へ入り、

「何か、食べさせてくれぬか」

茶店の老婆へ、声を投げた。

異変は、それから間もなく起った。

二

茶店の横手は低い崖《がけ》になってい、崖下の川水は背後の海へながれ入っていた。崖に小さな木の橋が懸《か》かっており、これをわたると、鴫立沢《しぎたつさわ》の鴫立庵がある。

むかし、此処《ここ》へ通りかかった西行法師《さいぎょうほうし》は、

心なき身にもあわれは知られけり
鴫立沢の秋の夕ぐれ

の一首を残した。

「鴫《しぎ》の飛び去りて、なおも寂寞《じゃくまく》たる風情《ふぜい》をおぼえ、詠《よ》み給《たま》う」

と、物の本にある。

その西行法師ゆかりの地を後世につたえようと、小田原の崇雪《そうせつ》という人が一庵を設《もう》け、石仏の如来像《にょらいぞう》を安置して〔鴫立沢〕の標石を立てたのが鴫立庵の由来《ゆらい》だそうな。

松の木立に囲まれた敷地の正面奥には茅《かや》ぶき屋根の小さな堂があり、西行法師の座像が安置されている。

堂の背後には、相模湾の海面が冬の日ざしに鈍《にぶ》く光っていた。

小動《こゆるぎ》の浜へ打ち寄せる潮騒《しおさい》の音と潮の香が、茶店の中にまでただよっていた。

小杉十五郎は、茶店へ入るときに塗笠をぬいだ。入ってから笠をとったのなら、以後の情況はおのずからちがったものになっていたろう。

しかし、笠をぬぎながら茶店へ入って行った十五郎の横顔を、小田原の方からやって来た旅の浪人がひとり、ちらりと見て、

「あ……」

素早く、折から街道を通る荷馬の蔭へ隠れた。

これに、十五郎はまったく気づかず、茶店へ入って行った。

浪人者は街道をへだてて茶店の真向いにある竹藪《たけやぶ》の中へ飛び込み、身を屈《かが》めて凝《じっ》と茶店の中を見まもった。

中肉中背の、小ざっぱりとした旅姿をしている四十がらみの浪人だが、編笠の中に光る両眼は殺気《さっき》をおびてい、左頬から顎《あご》にかけて浅い刀痕《とうこん》があった。

その刀痕こそ、ほかならぬ小杉十五郎から受けたものである。

たとえ十五郎が、この浪人の顔を見たとしても、咄嗟《とっさ》には、それとわからなかったろう。

すでに十五郎は、あのときのことを忘れてしまっている。

もう七、八年も前のことだ。

夏の夕暮れどきに、十五郎が渋谷の富士見坂《ふじみざか》から一本松のあたりへさしかかったとき、二人の浪人が土地《ところ》の若い農婦を木蔭へ引きずり込み、乱暴をはたらこうとするのを目撃した。

むろんのことに、小杉十五郎が知らぬ顔で通り過ぎるはずはない。

「何をするか!!」

走り寄って、浪人のひとりへ当身《あてみ》をくわせ、別のひとりが大刀を引き抜いて、

「うぬ。邪魔をするな!!」

喚《わめ》きざま切りつけてくるのを、ぱっと身を躲《かわ》した十五郎が、抜き打ちにそやつの顔へ浴びせかけた。

もとより殺すつもりはなかったから、浅く切った。その刀痕が、いまも、この浪人の顔に残っている。

(まさに、あのときのやつだ。おのれ、どうしてくれようか……)

十五郎は忘れていても、顔を切られた浪人の恨《うら》みは消えていない。

あのときは、

(とてもかなわぬ)

とばかり、刀を引いて逃げたが、十五郎の顔は執念ぶかい浪人の脳裡《のうり》にきざみつけられて

いた。

正面から立ち向ったのでは、とても、かなわぬ相手だ。

浪人は竹藪の中から、あたりへ目を配った。

(後を尾《つ》けて行って、夜更けに、旅籠で眠っているところへ襲いかかるか……それとも……)

浪人は竹藪の中を少しずつ、移動しはじめた。

昼も近い時刻で、街道を行き交《か》う旅人も少なくない。

(それとも、いま、やってのけるか……)

奇襲だ。奇襲するよりほかに、勝てる見込みはない。

浪人は、大刀の鯉口《こいぐち》を切った。

そのころ、江戸では……。

音羽の半右衛門が、品川台町の藤枝梅安宅を訪れている。

ちょうど、おせき婆さんが家の中の掃除をしていた。

おせきは、半右衛門を見知っている。

「それが旦那。急にねえ、梅安先生は何処かへ行ってしまったんでございますよ」

「何処かへ、とは?」

「わからねえのでございますよう」

「わからない……？」

「旅の仕度をしなすって、ねえ……」

「ほう。で、彦次郎さんもいっしょでしたかね？」

「いいえ、彦次郎さんは、こっちにおります。旦那は彦次郎さんを御存知なので？」

「はい。よく存じておりますよ」

「それなら、彦さんのいるところへ御案内をしましょうかね」

「そうしてくださるか、ありがたい」

と、半右衛門は一分金《いちぶきん》を紙へ包み、おせきへわたした。

「こんなことしてもらっては、梅安先生に叱られますよう」

「まあ、まあ、そういわずに。いつも、お前さんには御厄介《ごやっかい》をかけているのですから……」

「そうですか……申しわけもありませんねえ」

彦次郎は、小杉十五郎と共に住み暮している近くの百姓家で、独《ひと》り、ぽつねんと酒をのんでいたが、おせきの案内で半右衛門があらわれると、

「これはどうも……」

あわてて、おせきに、

「婆さんは、もういいよ」

「そんないいかたがあるかよ」

おせきはぷりぷりしながら、梅安宅へ引き返して行った。

「元締。婆さんに、お聞きなさいましたか?」

「梅安先生、旅へ出たらしいねえ」

「そうなんで。小杉十五郎さんも旅へ出たらしい」

「いっしょに?」

「いえ、それが別々なので。だから、どうも、わけがわからねえ。元締、いくらなんでもひどいじゃありませんか。梅安さんが、この私に黙って行先も告げずに……」

「お前さんは、そのとき、此処にいなすったのかね?」

「いえ、ちょうど、その、他《ほか》へ泊っておりましてね」

「ふうむ。それじゃあ、書き置きを残す暇《ひま》もないほどに、急な事が起ったのだな……」

音羽の半右衛門は、彦次郎が差し出す茶わんの冷酒《ひやざけ》を一口《ひとくち》すすりこみ、沈思《ちんし》の面《おも》もちになった。

三

小杉十五郎は腰から大刀を外《はず》し、茶店の土間の奥の莨蓙《ござ》を敷いた縁台に腰をかけた。

ほかに、客はいなかった。

茶店の老婆は先ず茶を出しておいて、熱い味噌汁と大根の葉を炊《た》きこんだ飯と焼豆腐《やきどうふ》の煮たものを盆にのせ、十五郎の前へおいた。

「うまそうだな……」

にっこりと笑いかけた十五郎へ、

「へい」

老婆も笑って、うなずき返し、竈《かまど》の向うへ引きさがった。

十五郎は大根の味噌汁を手に取り、味噌の香りと湯気《ゆげ》に目を細め、口をつけようとした。

そのとき……。

街道から、すっと茶店の中へ入って来た人影がある。

十五郎は、客が入って来たのだとおもった。

その人影の気配に、

(や……?)

異常を感じて振り向いた十五郎へ、編笠をかぶったままの無頼《ぶらい》浪人が、物もいわずに抜き打ちをかけた。

さすがの小杉十五郎も、このときばかりはどうしようもなかった。

なかったが、しかし、そこは並《なみ》の剣客ではない。

われから仰《の》け反《ぞ》るように縁台へ身を倒すや、十五郎は手にした味噌汁の椀《わん》を相手に投げつけていた。

これがうまく、編笠の下から浪人の顔へ当った。

「うわ……」

熱々《あつあつ》の味噌汁を、まともに顔へかけられ、狼狽《ろうばい》しながらも、浪人は夢中で二の太刀を送り込んだ。

この刃《やいば》が、縁台から土間へ転げ落ちかけた十五郎の左の太股《ふともも》を切りはらったのである。

十五郎は屈せず、転げ落ちたときには手挟《たばさ》んでいた短刀を引き抜き、浪人めがけて投げつけた。

短刀は浪人の左の頸《くび》すじを切り裂き、後ろへ飛びぬけた。

「あっ……」

浪人は仰天《ぎょうてん》し、早くも片膝《かたひざ》を立てて、縁台から大刀を摑《つか》み取った小杉十五郎を見て、

(これはいかぬ……)

と、おもったのであろう。

右手に大刀、左手に辷《ず》り落ちかけた編笠を押え、身を返して茶店を走り出るや、街道を駆けぬけて竹藪の中へ飛び込んだ。

街道を通っていた旅の女の悲鳴がきこえた。

茶店の老婆は小女《こおんな》と共に、半ば腰をぬかして声も出ない。

十五郎は舌打ちをした。

土間に半身を起したままで、切られた太股の傷口をさぐってみた。

深くはないが、出血がひどい。

このとき……。

藤枝梅安は道中駕籠を雇い、たっぷりと酒手《さかて》をはずみ、早くも藤沢を駆けぬけていた。

頭巾《ずきん》に顔を包んだ梅安は、駕籠の中から街道の四方へ目を配り、十五郎の姿を追いもとめている。

駕籠舁《か》きは、平塚の宿場へ入ったところで、息を切らせつつ、

「旦那。もう走れねえ」

と、いった。

今朝早く、神奈川宿《かながわじゅく》を発って約九里、梅安を乗せた駕籠を担《かつ》いで走り通して来たのだ。

「御苦労。よくやってくれた」

と、梅安は、またも〔こころづけ〕をわたし、

「私が昼餉《ひるげ》をすませている間に、代りの駕籠をたのむ」

「合点《がってん》です」

梅安は、平塚宿の〔ひよしや〕という蕎麦《そば》屋へ入り、軽く腹ごしらえをすませた。

ときに、正午をまわっていたろう。

道中駕籠には、それぞれ連絡《つなぎ》がついている。

間もなく、代りの駕籠に乗って、藤枝梅安は平塚を出た。

平塚から大磯までは約一里である。

(小杉さんの足は、ひどく速い)

駕籠の中から目を配りつつ、

(もしやして、私が気づかずに、小杉さんを追い越してしまったのではないだろうか?)

そのようにも、おもえてくる。

梅安の駕籠が大磯宿を走りぬけ、鴫立沢の件《くだん》の茶店の前を通りぬけたときには、別に異常はみとめられなかった。

茶店には何人もの客が入っていたし、老婆と小女は何事もなかったように、いそがしく接待に立ちはたらいていた。

(はて……?)

梅安は迷いはじめた。

(そういえば、先ごろ……)

去年の大晦日《おおみそか》に、梅安・彦次郎と小杉十五郎が年越しの蕎麦と酒をやったとき、十五郎は、

「むかしの剣術仲間《なかま》が、上州の倉《くら》ヶ野《の》にいて重い病《やま》いにかかっているので、見舞いに行きた

いとおもっている」

と、洩らしていたことを、梅安はおもい出した。

(もしやすると、倉ヶ野へ行ったのでは?)

白子屋襲撃を梅安に押しとどめられたので、十五郎は、剣友の見舞いにおもむいたのか
……。

それならば何故、おせき婆へ言付《ことづ》けを致して行かなかったのか。

(やはり、白子屋を斬りに行ったのだ)

ともかくも、納得がゆくまで、十五郎を追わねばならぬ。

(それにしても、小杉さんの足は速い。いや、速すぎる……)

十五郎が何処かで腹ごしらえをしているときに、追い越してしまった可能性はじゅうぶんにある。

藤枝梅安は駕籠舁きへ声をかけた。

「少し、息を入れるがよい。しばらくは、ゆるりと行っておくれ」

四

翌日の未明《みめい》に、藤枝梅安は箱根を越えた。小田原城下の薬種屋《やくしゅや》〔回生堂《かいせいどう》・中西喜三郎《なかにしきさぶろう》〕

は、梅安と親しい間柄であった。

兄の中西藤兵衛《とうべえ》は、これも京都の薬種屋で、梅安の亡師・津山悦堂方へ出入りをしていた。

喜三郎が京都の兄の家に滞在していた折に、師の許《もと》にいた藤枝梅安との交誼《こうぎ》が生まれたのだ。

中西喜三郎は、いま尚《なお》、梅安が鍼《はり》医者として江戸に暮していることに、うたがいをもっていない。

それは事実なのだが、裏へまわると梅安が、金で殺人を請負《うけお》う仕掛人だとは、夢にもおもわぬ。

中西喜三郎は薬屋の主人《あるじ》だが、小田原から箱根にかけて、大変に顔がきく。

箱根の雲助《くもすけ》（人夫）や関所の役人にも知り合いがあって、金さえ出せば、関所の裏道を越えることなど、

「わけもないこと……」

と、引き受けてくれる。

「急ぎの用事で駿府《すんぷ》まで駆けつけなくてはならぬのだ」

という藤枝梅安へ、

「よいとも、よいとも」

くわしく事情を聞こうともせず、中西喜三郎は箱根越えの手筈をつけてくれた。

箱根を越え、三島へ出た梅安は、

(やはり、小杉さんを追い越してしまったらしい。それでなければ、小杉さんは上州・倉ヶ野の友だちを見舞いに行ったのだ)

そうおもえてならぬ。

自分より速く、小杉十五郎が箱根を越えたとは、どうしても考えられない。

(さて、どうするか……?)

三島から沼津まで来て、甲州屋という料理屋へあがり、早目に腹ごしらえをしながら、

(江戸へ引き返そうか……)

それとも、いま少し、東海道をのぼってみようかと、梅安は迷った。

(彦さんも、心配をしているにちがいない)

さりとて、十五郎が自分に先行していないとはいいきれぬのだ。

梅安の目には、まだ若者の純粋さとひたむきなところが残っている小杉十五郎が、

(危くて、手がはなせぬ)

ところもある。

しかし、十五郎にはおもいもかけぬ行動力があって、これまでにも梅安と彦次郎の目をみはらせるようなことをしてのけている。

（いま少し、追いかけてみようか……）

日が、かたむきかけていた。

よいあんばいに、このところ快晴つづきで暖い。

梅安は駕籠を雇い、四里ほど先の吉原《よしわら》まで行ってみることにした。

駿河《するが》の吉原の宿場で、古着屋《ふるぎや》をしている鶴蔵《つるぞう》という男がいる。

鶴蔵は以前、江戸の梅安宅の近くに住んでいて、ひどい胃病にかかっていたのを、梅安が鍼で癒《なお》してやった。

それを、いまでも恩に着て、鶴蔵は吉原へ移り住んでからも、江戸へ行く旅人にたのんで梅安へ土地の名産を送りとどけてくれたりする。

吉原は、鶴蔵の女房の故郷なのだ。

東海道・吉原は江戸へ三十四里半余。京都へ九十里三十丁のところにある。

そして、吉原から藤枝までは十六里にすぎぬ。

駿河の藤枝は、ほかならぬ藤枝梅安の生まれ故郷で、亡き父親の治平の墓もある。

（そうだ。久しく父の墓詣りもしておらぬ……）

このことであった。

父の墓がある正定寺へは、すでに永代供養《えいだいくよう》の金を納《おさ》めてはあったが、ちかごろの藤枝梅安は、若くして病死してしまった父親のことが、しきりに想われてならぬ。

（よし。ともかくも藤枝まで行ってみよう）

と、梅安のこころが決まった。

今夜は吉原へ泊り、古着屋の鶴蔵に来てもらい、藤枝まで同行させよう。

小杉十五郎を探す手つだいを、してもらってもよい。

（こころ急《せ》くままに江戸を出て来てしまったが……これは、彦さんにも来てもらうべきだった）

いまさらに、梅安は悔《くや》んだ。

この日の夕闇が濃くなってから、北山彦七と田島一之助は、三河の池鯉鮒《ちりゅう》と岡崎の間の東海道をぶらぶらと歩んでいた。

江戸へ向う二人の歩みは、まことに、のんびりとしたものだ。

「な、一《かず》よ。岡崎には、よい遊女《おんな》がいるぞ。たまには女もよい。どうだ？」

「私は女がきらいだ」

「ほんとうか？」

「ほんとうです」

「おれは、女も好きだ」

「そうですか」

「おい、怒るな。女も好きだが、一も好きだ」

と、北山が田島の肩を抱き、顔を押しつけようとしたが、ふと前方へ目をやって、

「おい、一よ」

「はあ……？」

「向うから侍が一人、来る」

「ふむ……」

「大男だな。本多《ほんだ》の家来《けらい》かな」

岡崎は、本多家五万石の城下でもある。

「旅姿ではないな」

「さよう」

「お前、久しぶりにやってみるか、どうだ、え……？」

田島一之助が、あたりを見まわし、

「よろしい」

肩をそびやかした。

そこは、岡崎へ一里ほど手前の街道で、両側は松並木になっている。

この時刻に街道を行く旅人は、北山と田島ぐらいのものだ。

岡崎の方から、こちらへ近寄って来る侍は提灯《ちょうちん》を手にして、羽織・袴《はかま》をつけ、さして急ぐ

様子もなく、ゆったりと歩いて来る。

侍の提灯には火が入っていた。少し先の休み茶屋で火を入れさせたのであろう。

「よいか、一人でやれよ」

ささやいた北山が、右側の松並木へ消えた。

塗笠をかぶった田島一之助は両手をふところへ入れ、これまた、ゆっくりと歩む。

前方から来る侍が、田島を見て足を停めた。

(妙なやつだ……)

と、見たにちがいない。

田島は、ふところ手をしたまま、尚も歩む。

侍は、田島を避けるようにして擦《す》れちがった。

擦れちがった瞬間に、田島一之助が振り向き、

「もし……」

と、侍へ声をかけた。

いかにもやさしげな、物やわらかな声であった。

「む……」

侍が振り向いたとき、ふところを脱した田島一之助の右手が大刀の柄《つか》へかかった。

「何を……」

何をするか、と、侍は叫ぶつもりだったのであろうが、それは悲鳴に変った。

田島一之助の腰から疾《はし》り出た一刀は侍の喉笛《のどぶえ》を切り裂いている。

侍がよろめいたとき、早くも、田島の躰は松並木の蔭へ吸い込まれてしまった。

侍の手から落ちた提灯が、めらめらと燃えあがった。

「う、うう……」

唸《うな》り声《ごえ》を発して、侍の躰が街道へ崩れ倒れた。

北山彦七と田島一之助は、松並木の裏側を風のように走っている。

夕闇は、夜の闇になっていた。

「一よ。みごとだった」

「うふ、ふふ……」

「冴《さ》えていたぞ」

「うふ、ふふ……」

走りながら、田島が、さもうれしげに笑う。

空に、星が瞬《またた》いていた。

東海道の雪

江戸の神田《かんだ》・明神下《みょうじんした》の宿屋〈山城屋〉は、大坂の顔役・白子屋菊右衛門の、「息が、かかっている出城《でじろ》」である。

したがって、山城屋の主人《あるじ》の伊八は、白子屋菊右衛門が、もっとも信頼している配下のひとりだ。

その日の夕暮れに、山城屋伊八からの手紙を持ち、江戸から大坂の白子屋へやって来たのは、山城屋の番頭で、これも白子屋の配下の常太郎《つねたろう》であった。

山城屋伊八の手紙は、一種の〈密書〉といってもよいだろう。

山城屋の密書は、薄くて丈夫な三枚の紙に細字で、びっしりと書きしたためられており、これを紙縒《こより》のように巻きしめ、その上を蠟《ろう》でかためてあった。

仰山《ぎょうさん》だといえば仰山だが、これも白子屋と山城屋が手紙のやりとりをする場合の通例になっているのであろう。

密書を届けに、東海道五十三次を急行して来た常太郎は、白子屋にも山城屋にも、

「かなり買われている……」

男なのだが、その常太郎にさえも、

(もしも、道中で見られてはいけない……)

という密書にちがいない。

白子屋菊右衛門は、この密書を二度三度と読み返してみてから、

「おい、常太郎」

「はい?」

「お前、道中で、北山彦七さんと田島一之助さんを見かけなかったか?」

「いいえ……?」

「そうか……では、何処かで行きちがったのやろな」

「北山先生と田島先生が、江戸へ下《くだ》りなすったので?」

「そうや」

「それは、何でございますか、藤枝梅安と小杉十五郎を仕掛けるために……」

「ま、それはともかく、なあ常太郎」

「はい？」

「わしもな、急に、江戸へ下らねばならなくなったわい」

「へ……？」

「お前は、御苦労だが、今夜一晩、此処で手足をのばしたら、すぐに江戸へ引き返してもらいたい」

「ようございます」

「よいか、わしが江戸へ下ることは、この白子屋のだれにも洩《も》らしてはならぬぞ、ええな」

「わかりましてございます」

「お前は明日の朝、大坂を発《た》ち、いつものように、わしが江戸へ下るときの手配《てくば》りをしながら、一足先に江戸へ帰ってくれ」

「承知いたしました」

「手配りに、ぬかりのないようにな」

「はい」

常太郎は翌朝、道頓堀・相生橋北詰の白子屋を発ち、江戸へ引き返して行った。

その日も、つぎの日も、白子屋菊右衛門は何事もないように日を送っていたが、常太郎が発ってから翌々日の昼ごろになって、

「あのな、ちょいと、繁造《しげぞう》をよんでくれ」

と、白子屋にいる若い者にいいつけた。

守山《もりやま》の繁造は、すぐに駆けつけて来た。

香具師《やし》の元締《もとじめ》として、大坂の暗黒街に顔をきかせる白子屋菊右衛門にとっては、守山の繁造は、

「なくてはならぬ男」

なのである。

年齢《とし》のころは四十前後で、見たところは、いかにも物やわらかな人柄におもえるし、だれに対しても腰が低い。身なりも堅気《かたぎ》そのもので、どこぞの商家の主人か番頭のように見える。

この男の、恐るべき一面を知っているのは菊右衛門ぐらいのものであろう。

「元締。なんぞ急用でも?」

白子屋菊右衛門の居間で、二人きりになった繁造が尋ねると、白子屋は、二百両もの大金が入った胴巻《どうまき》を出し、

「繁造。これをあずかってくれ」

と、いった。

「はい」

「ま、もう少し、こっちへ寄らぬかい」

側へ来た繁造へ、白子屋が何かささやき、

「ええな？」

「はい」

「それなら、すぐに」

「ようございます」

それから間もなく、二人は階下へ下りて、白子屋菊右衛門は、料亭としての白子屋を切りまわしている妾《めかけ》のお定《さだ》へ、

「おい、ちょっと出かける」

「あい」

ふらりと、繁造を連れた白子屋が、よんでおいた町駕籠《まちかご》に乗って何処かへ出て行った。

身につけているものも普段着だったし、旅仕度をしていたわけでもない。

ほんの近くへ出て行ったとしか見えぬ姿で、白子屋菊右衛門は、守山の繁造ひとりを連れ、江戸へ旅立ったのである。

これも、白子屋が我身《わがみ》へ降りかかる危険を避けるための、一つの手段だといってよい。

守山の繁造も、北久太郎町《きたきゅうたろうまち》の家には女房も子もいるのだが、白子屋菊右衛門と同じように、これといって伝言をすることもなく、江戸へ向ったことになる。

一

「そりゃあ、もう、間ちがいはない。梅安先生が追い越してしまったのでございますよ」

古着屋の鶴蔵は、そういった。

東海道・吉原の宿《しゅく》へ着いた藤枝梅安は〔扇屋伝兵衛《おうぎやでんべえ》〕という旅籠《はたご》へ入ったが、すぐさま、旅籠の番頭を使いに出し、吉原の宿場町で古着屋をしている鶴蔵をよんでもらったのだ。

「こ、こりゃあ、夢を見ているような……」

梅安を見て、鶴蔵はおどろき、よろこんだ。

江戸で梅安宅の近くに住み、煙草の小売りをしていた鶴蔵は、いま、女房の故郷の吉原へ住みつき、古着屋をいとなんでいる。

「どうだな。商売は、うまくいっているのかね?」

「へえ。女房と二人の子を、どうやら食べさせておりますよ」

「それはよかった。ふむ、ふむ……躰《からだ》も、すっかり丈夫になったようだ」

「ねえ、先生。江戸にいたころより、ずっと肥《ふと》りました」

「肉がついたなあ」

「へえ、へえ。あんなにひどい胃病を患《わず》らっていたのに、このとおり、元気になれたのも、みんな、梅安先生の鍼《はり》のおかげでございますよ」

「なあに、お前が三年もの間、根気よく治療に通いつづけたから癒《なお》ったのだよ」

「ありがとうございます。ねえ、先生。汚いところでございますが、ぜひとも、私の家《うち》へおいでなすって下さいまし。せめて、お酒なりとさしあげたいので……」

「ありがとうよ。ところで鶴蔵さん。お前に、ひとつ頼みがあるのだ」

「へ、へえ。ええもう、死ねとおっしゃるなら、すぐにも死にますぜ」

「相変らず、調子がよい」

「いえ、ほんとうなんで……」

梅安が、小杉十五郎を追いかけ、探していることを告げると、江戸から三十四里半の吉原までを二日と半日で飛ばして来たときいて、鶴蔵は言下《げんか》に、

「先生が追い越した……」

と、断定をした。

事実、そうなのだが、十五郎が大磯の外れの茶店で無頼《ぶらい》浪人に左の太股《ふともも》を傷つけられなかったら、すでに吉原を過ぎてしまっていたろう。

さいわいに、鶴蔵は小杉十五郎の顔を見おぼえていた。

江戸で、治療を受けに梅安宅へ通っていたころ、二度ほど見かけたという。

「ほんとうか？」

「へえ、総髪《そうがみ》の、いい男の浪人さんでございましょう?」

「そうだ」

梅安が患者の治療中に、十五郎が居合わせたこともめずらしくはない。

「よかった。それは好都合だった」

二人は、相談に入った。

日当さえ出せば、この吉原には、

「いくらでも、はたらく男がおりますよ、先生」

「ただ、このことが、他へ洩れぬようにしてもらいたいのだ」

「ようございます」

「何しろ、その人は、関所手形もなしに江戸を飛び出してしまったのでな」

「なるほど……」

「しかも、重い病いを抱えているのだ」

と、梅安は嘘《うそ》をついた。

「わかりました。それで先生が追いかけて来なすったのだ」

「そのとおり」

鶴蔵は、十五郎についての深い事情など尋《き》こうともしなかったし、知ろうともおもわぬ。

ただもう、一命にかかわるほどの難病を癒してくれた藤枝梅安のために、役に立てるということが、うれしくて仕方がないらしい。

吉原の宿場には、鶴蔵が親しくしている人足もいるし、信用ができる若者たちもいた。

「ともかくも私は、明日、此処を発って藤枝まで行ってみる。藤枝は私の生まれ故郷だし、父親の墓詣《はかまい》りをしたいのだ」

「その間に、こっちは手わけをして、東海道を下りながら、小杉さんとやらを探してみましょう」

「そうしてくれるか……」

語り合う間にも梅安は、街道に面した二階座敷の窓から、外へ目をはなさなかった。

「先生。窓を開けていては寒くてたまりません。躰《からだ》をこわしますぜ」

「なに、大丈夫だよ」

「こうなれば、私が、すぐに手筈《てはず》をつけますから、小杉さんを見逃すことじゃあございませんよ」

「すまぬなあ」

梅安は、たっぷりと費用の金を出し、

「これでよいか？」

「えっ……こんなにはいらねえ。とんでもないことで……」

「ま、いいから取っておきなさい」

「さようですか。では、おあずかりしておきます」

腰をあげかけた鶴蔵が、

「梅安先生。一度、また此処へもどってまいりますから、外へ出なすってはいけませんよ」

「よし、わかった」

「では、手筈をつけてまいります」

まだ四十には間もある鶴蔵だけに、健康を取りもどして元気一杯であった。

(鶴蔵のことをおもい出してよかった。これで、小杉さんを見失うことはないだろう)

これだけ手をつくして、小杉十五郎を見つけることができなければ、

(小杉さんは東海道を上《のぼ》って来てはいない……)

ことになる。

となれば、おそらく、上州の倉《くら》ケ野《の》にいる、病気中の剣友を見舞いに出たのであろう。

しかし、小杉十五郎が旅仕度で仮寓《かぐう》を発足《ほっそく》するにあたり、来合わせたおせき婆さんへ一言も梅安への言付《ことづ》けを残しておかなかったことが、

(気にかかる……)

のである。

街道に、夕闇が濃くなってきた。

宿場町へ入って来る上り下りの旅人を、よびとめる旅籠の客ひきの声が其処此処《そこ》できこえ

ている。

鶴蔵は受け合ってくれたけれども、

(もしや?)

というおもいが捨て切れず、藤枝梅安は窓へ顔を寄せた。

「遅くなりまして……」

声をかけて、旅籠の女中が灯《あか》りを入れた行燈《あんどん》を運んで来た。

二

(おもしろくない。実に、まったく、おもしろくない!!)

田島一之助は、口へ運びかけた盃を壁へ投げつけて、

「畜生め……」

と、呻《うめ》いた。

大坂から、仲よく東海道を下って来た北山彦七の姿は何処にも見えぬ。

此処は参州《さんしゅう》・二《ふ》タ川《がわ》の宿場の、松屋という旅籠の、奥の一間であった。

前夜、岡崎城下の宿屋・桔梗屋《ききょうや》方へ入ってから、北山彦七が田島一之助に、

「おい、一《かず》よ。おれはな、この岡崎に、ちょいと用があるのだ」

「何の用です？」

「何でもよいではないか」

と、北山がにやりとして、

「な、一よ。お前、一足《ひとあし》先へ行ってくれぬか、な……」

「どういうわけです？」

「急用を、おもい出してな。だから、お前は、一足先に行って、待っていてくれ」

「何処で待っているのです？」

「駿河のな、宇津谷峠《うつのやとうげ》の手前の、岡部《おかべ》に、万屋《よろずや》という旅籠がある。そこへ泊って……そうだな、二日ほど、のんびりとしていてくれ。すぐに追いつく」

「北山さん」

「何だ？」

「女ですね。この岡崎で、女遊びをするつもりなのですね」

「ちがう。そうではない」

といったが、実は、そうなのだ。

三河の岡崎城は、徳川氏の故郭《こかく》である。

いまは本多家の居城となっているが、徳川家康以来の城下町は、

「三河の国、随一の大邑《たいゆう》」

といわれ、ことに、岡崎の遊女は、

「海道一なり」

なのだそうな。

「まことに繁昌《はんじょう》の所にして、商家の軒つらなりて招婦《しょうふ》など旅客の袖を引く、にぎやかなり。小歌などにある岡崎女郎衆なり」

などと、物の本に記されているほどで、北山彦七にとっては、なじみの深いところなのだ。

何しろ北山は、

「男もよし、女もよし」

という、いわゆる〔両刀づかい〕なのだから、岡崎へ来て、指をくわえたまま通り過ぎることはできぬ。

田島一之助は、早くも、それを察した。

「おい、一よ。何を怒っているのだ」

「私も、いっしょに行きます」

「それにはおよばぬよ」

「なぜですか？」

「ま、よいではないか。な、な……」

田島を抱きよせた北山が、唇《くち》を強く吸って、

「すぐに追いつく。な、すぐにだ」

「知りません」

田島は、北山の腕を振りはらい、

「勝手にするがいい」

吐き捨てるように、つぶやいた。

結局、北山彦七は、田島一之助を宿屋へ残し、何処かへ出て行ってしまったのである。

仕方もなく、翌朝に、田島は岡崎を発った。

北山が、女の肌身に、

(現《うつつ》をぬかしている……)

そうおもうと、田島は居ても立ってもいられなくなる。

女の肌身を知らぬわけではないが、五年前に北山彦七と知り合うようになってからの田島一之助は、男色に溺《おぼ》れつくし、北山の強烈な愛撫に酔《よ》い痴《し》れている。

それだけに、北山が女を抱くことがたまらなく、くやしい。

北山も、相手の女も、

(斬って捨ててしまいたい……)

それほどの妬《と》心《しん》をおぼえずにはいられない。

二タ川は、岡崎から約八里。

北山彦七が「待っていてくれ」といった岡部までは二十四里ほどある。

田島一之助が足を速めて行けば、明後日には岡部へ着くことができよう。

「畜生……畜生……」

酒を呷《あお》るうちに、田島は、自分で自分をどうしようもなくなってきた。

この、くやしさと妬《ねた》みを、どのように発散させたらよいのか……。

(よし、斬ってくれる。だれでもいい、叩き斬ってくれよう)

この旅籠の奥の客部屋からは、庭づたいに外へ出られる。

一昨日の日暮れに、岡崎へ入る手前の松並木で、侍をひとり斬殺した田島は、二タ川の宿《しゆく》外《はず》れへ出て、通りかかる人を斬って、

(鬱憤《うっぷん》をはらそう)

と、いうのだ。

田島は、女中をよんで膳部《ぜんぶ》を下げさせ、寝床をとらせ、これから眠ると見せかけて大刀をつかみ、廊下へ出た。

その途端に、

(や……?)

急に、便意をもよおした。

何やら、下腹がごろごろと鳴っている。
(これは、どうしたのだ?)
部屋へもどって大刀を置き、田島一之助は廊下を小走りに便所へ入った。
おもいもかけぬ、急な下痢《げり》である。
子供のころから、田島は腸が弱い。

三

(畜生……畜生……)
翌朝になっても、田島一之助の鬱憤は消えなかった。
だが、昨夜は、よく眠れなかった所為《せい》か、頭が重く、食欲もない。
下痢は熄《や》んだらしい。
空は曇ってい、寒気もきびしかった。
田島は、昼近くまで寝床に入っていた。
何となく、脱力感をおぼえ、起きあがる気力がなかったのだ。
旅籠の番頭がやって来て、
「おかげんでも悪いのでございますか?」

「いや、何でもない」

「朝の御膳にも、箸《はし》をおつけにならなかったとか……」

「起きる。駕籠をよんでくれ」

「お発《た》ちになりますので？」

「発つ」

北山彦七は後から来るのだし、別に急ぐこともないのだが、こうして旅籠の寝床にもぐり込んでいると、気が滅入るばかりであった。

田島一之助は食事もとらぬまま、道中駕籠に乗って二夕川を発足した。

「ゆるりと、やってくれ」

と、駕籠舁《か》きにいうと、田島は目を閉じた。

（下痢をした所為なのだろうか……？）

ともかくも、われながら元気がない。

腸が弱くて、下痢をすることもめずらしくはない田島一之助なのだが、若いだけに、これまでは気にもせず、下痢をしながら飲んだり食べたりして平気だったし、そうしていると、いつの間にか元気を取りもどしたものだ。

下痢がとまったというのに、

（何も食べたくないというのは、おかしい……）

駕籠にゆられつつ、田島は、自分の心身の虚脱《きょだつ》をもてあましている。

そのころ。

藤枝梅安は、すでに吉原を発し、藤枝へ向っていた。

梅安も道中駕籠に乗り、たっぷりと酒代《さかて》をはずみ、これも、ゆるやかに街道をすすむ。

吉原と二タ川の間は約三十七里半というところか。

尋常の旅人ならば、約四日の行程であろう。

これを、田島一之助は西から、藤枝梅安は東から、しだいに、その距離をちぢめつつある。

古着屋の鶴蔵が梅安に、

「ともかくも、小杉の旦那が箱根を越えたか、どうかが、鍵でございますね」

そのとおりである。

もしも、十五郎が白子屋菊右衛門を討つために江戸を発ったとすれば、

(まわり道をしている余裕《ゆとり》はない……)

はずだ。

何故というに、藤枝梅安が追って来ることを、小杉十五郎も考えているとみてよいからだ。

東海道の宿場から宿場へ、いろいろな連絡《つなぎ》もあり、双方が便利をはかっているのは当然の

ことで、

「梅安先生。二、三日のうちには、かならず、はっきりとしたことを、お知らせ申しますよ」

と、今朝も鶴蔵は、藤枝へ向う梅安へ、たのもしく受け合ってくれた。

関所手形をもたぬ小杉十五郎だけに、鶴蔵にいわせると、

「かえって、足取りがつかみやすい」

のだそうな。

梅安は鶴蔵へ、

「よいか。私は、藤枝の越前屋《えちぜんや》という旅籠に泊る。そこで、お前の知らせが来るまで待っている」

と、念を入れておいた。

吉原から藤枝までは約十五里半。

梅安は、これを二日かけて行くつもりであった。

いまは先を急ぐよりも、念入りに街道筋へ目を配って、十五郎を探すことにした。

この日、藤枝梅安は、府中《ふちゅう》(静岡市)の宿屋・伊勢屋十兵衛方へ泊った。

ゆっくりと来たつもりだが、道中駕籠だけに、約十里をすすんでいる。

府中から藤枝までは六里弱の近間《ちかま》である。

同じ夜。

田島一之助は、浜名湖の渡しを越えて、舞坂《まいさか》の旅籠・大塚屋へ泊った。

二タ川から、わずかに四里にすぎない。

浜名湖と遠州灘《えんしゅうなだ》をつなぐところの舟渡しには関所がある。

この関所では、女の旅人の手形をあらためるが、男の旅人は身分にかかわらず、名前を名乗り、行先を告げればよい。

田島は、大坂町奉行所の探索方《たんさくかた》・田島一之助と名乗り、行先は、江戸と告げた。

事実、田島も北山彦七も、大坂の町奉行所が出した関所手形を所持しているのである。

それをみても、白子屋菊右衛門の勢力のほどが、

「知れよう」

というものではないか。

田島一之助が二タ川を発ったのは昼近いころであったにせよ、一日に、しかも駕籠に乗って四里の行程というのは、いかにも鈍《のろ》い。

あたりが、まだ明るいうちに舞坂へ着いた田島は、

「ここでよい」

道中駕籠を出て、旅籠へ入った。

「妙な客だのう」

「顔色が、火鉢《ひばち》の灰のようだったぜ」

いいながら、駕籠舁きは二タ川へ引き返して行った。

田島一之助は、旅籠の大塚屋へ入ると、

「いささか、腹のぐあいが悪い。粥《かゆ》を煮てくれ」

そういって、風呂へも入らず、すぐに寝床をとらせて身を横たえた。

腹が痛むわけでもなく、下痢はとまっている。

それなのに、気力も体力も萎《な》えている。

(妙だ。こんなことは、はじめてだ)

田島は、心細くなってきた。

(北山さんが、いてくれたらなあ……)

いまは、北山彦七への怒りまでも萎えてしまった。

(人ひとり、斬ってくれよう)

その気にもなれぬ。

それでも、女中が運んできた卵入りの白粥《しらがゆ》に梅ぼしを食べると、いくらか元気を取りもどした。

(もう、大丈夫だ)

膳部を下げさせてから便所へ行ったが、下痢は熄んでいる。

（よし、よし）

女中が気をきかせて、陶製《とうせい》の〔湯たんぽ〕を入れてくれたので、寝床は暖かった。

田島一之助は、まだ宵《よい》の口《くち》だというのに、たちまち深い眠りへ落ち込んでしまった。

同じ夜。

守山の繁造を従えた白子屋菊右衛門は、早くも近江の草津へ入り、野村屋という旅籠へ泊っていた。

大坂から駕籠へ乗りづめであった。

江戸の山城屋伊八からの密書は、よほどに、白子屋を急き立てているものとみえる。

草津では、土地の目明《めあか》しで、顔役でもある弥之助《やのすけ》というのが白子屋へ挨拶《あいさつ》にあらわれた。

「おお、よく来てくれた」

と、白子屋は数枚の小判を弥之助へわたし、

「弥之助どん。わしは、明日中に鈴鹿峠《すずかとうげ》を越えねばならぬ。そのつもりで駕籠なり馬なり、手配をたのむ」

「へい、へい」

草津では、

「閻魔《えんま》の弥之助」

と、異名《いみょう》をつけられたほどの、恐《こわ》もての弥之助が、白子屋菊右衛門の前では、畳へ額《ひたい》をこ

すりつけるようにしているのだ。

四

「そうか……まだ、帰って見えないか……」

音羽の半右衛門は、口へ持っていきかけた煙管《きせる》の手をとめ、

「彦さん。これは、梅安先生も小杉さんも、遠くへ足を向けたのだね」

「そうなりますすねえ」

と、彦次郎が、あぐねきったように、

「ねえ、音羽の元締。このまま、ほうっておいていいのでございましょうかね？」

「子供が迷い子になったわけではないのだから、心配にはおよばないとおもうが、気になるのは、二人が別々に、旅仕度で江戸を離れたことさ」

「そ、それなんで……」

「いま一つは……ことに梅安先生が、お前さんに一言《ひとこと》も置かずに出て行ったことだが……」

「水くせえもいいところだ」

「怒りなさるな。お前さんだって、いつ帰るともいわずに、家を明けたのだからねえ」

「そりゃあ、まあ……」

「彦次郎さんは、おもいのほかに女好きらしい」

「元締、冗談じゃありませんよ」

「で、二人が何処へ行ったのか、まだ、彦さんには見当がつかないかえ？」

「そのことなんで。実は、半月ほど前に、小杉さんが、上州の倉ヶ野へ行きたいようなことを、私にもいっていましたがね。へえ、何でも倉ヶ野に、むかしの友だちが病《やま》いを養っているとかで、その見舞いをしたいというわけで……」

「ふうむ。それは別に、梅安先生と関わり合いがあることではないようだねえ」

「そうなんで」

「だが、今度の、二人が目ざしていることは同じだよ、彦さん」

「何を、目ざしているのか……まったく見当のつけようがねえ」

去年の暮ごろから、おせき婆がいう妙な男が、藤枝梅安宅の近くをうろついていたことは、彦次郎も耳にしていたし、

「大方《おおかた》、白子屋の息のかかった、山城屋伊八の手の者だろうよ」

と、梅安も、そういっていた。

けれども、まさかに、小杉十五郎が白子屋菊右衛門暗殺のため、大坂へ急行し、これを梅安が追って行ったとは、さすがの彦次郎も、おもいおよばなかった。

そもそも、藤枝梅安にしたところが、去る正月十日夜、音羽の半右衛門を訪ねての帰り途

に、湯島天神の境内で、

「こうなれば、白子屋菊右衛門に、あの世へ行ってもらわぬかぎり、始末がつきますまい」

と、小杉十五郎が胸の内を打ちあけるまでは、

（まさかに、小杉さんが……）

夢にも、想わなかったことなのである。

「ま、仕方もあるまい」

音羽の半右衛門の、鼻の穴から煙草のけむりが出て、

「もう少し、様子を見るがいいよ、彦さん。下手《へた》にうごいてもはじまらぬ。梅安先生は、お前さんが品川台町の家にいるとおもっていなさるのだから、いつなんどき、急ぎの知らせが飛んでくるやも知れないからね」

「へえ。まったく、元締のおっしゃるとおり……」

「だろう」

そこへ、半右衛門の女房おくらが、酒肴《しゅこう》の仕度をととのえてあらわれ、すぐに出て行った。

江戸は、快晴であった。

寒がりの半右衛門が、今日は、あまりに暖いので炬燵《こたつ》の世話にもなっていない。

「ときにねえ、彦さん」

「え……？」

「ま、一つ」

「これはどうも……あ、これは……」

「どうした？」

「いい酒でございますねえ、元締」

「そうかえ。そりゃあ、よかった」

「それで？」

「あ、実はね、彦さん。お前さんだからいうのだが、この十日に、梅安先生が此処へ見えなすったとき、仕掛けを一つ、たのんだのだよ」

「へえ……」

「そのつぎの日に、梅安先生も小杉さんも消えてしまったというわけさ」

「なあんだ……」

「なあんだとは何だえ？」

「元締もひどい人だ。それなら、はなしがわかる」

「そうではないのだよ。梅安先生は、この仕掛けを断わりなすったのだ。わしはまだ、仕掛ける相手の名も居所《ところ》も梅安先生に洩らしていない」

「なあんだ」

「また、なあんだかえ」

「だって元締……」

「ま、ちょいと、こっちへおいでなさいよ、彦さん」

「へえ……」

近寄った彦次郎の耳へ、音羽の半右衛門が何やらささやくと、

「えっ……」

見る見る彦次郎の顔が変り、

「ほ、ほんとうのことなので？」

押し殺したような声で尋《き》いた。

半右衛門は、無言でうなずく。

その両眼が、青白く光っていた。

「わしはね、どうあっても梅安先生に、この仕掛けを承知してもらうつもりだ」

「ふうむ……」

「それで、ね……」

また、半右衛門が彦次郎の耳もとへささやきはじめた。

そのころ……。

藤枝梅安は道中駕籠で府中を発し、生まれ故郷の藤枝へ向いつつあった。

空は鉛色《なまりいろ》の雲に被われてい、粉雪が降りはじめた。

「この雪は大《てえ》したこともねえ。すぐに熄みますぜ」

と、駕籠舁《か》きが、梅安に声を投げた。

「そうだといいがね」

「だが、お客さんよ。きっと、寒さがぶりっ返しますぜ」

「あと半月の辛抱《しんぼう》だ」

当時の一月中旬は、現代の二月中旬にあたる。

瀬戸《せと》川団子《がわだんご》

「繁造」

「はい」

「どうも、解《げ》せぬ」

と、口へもっていきかけた盃を膳の上に置いて、白子屋菊右衛門が守山の繁造へ、

「のう……お前も、そうおもわぬか?」

「…………」

「どうだ。何とおもう?」

「元締《もとじめ》。解せませんねえ」

「そうか。え、お前も、そうおもうか?」

「はい」

「お八重《やえ》には、よくよく念を入れてあるのじゃ。わしが江戸にいないときは、好き自由にするがよいと、な」

「さようで……」

「ええ男を見つけたら、浮気をしてもええと、いうてあるのじゃ」

「へ……」

「金も、たっぷりとわたしてある」

「さようで……」

「小ぎれいな家に住まわせ、気のきいた女中もつけてある。気がまぎれるかとおもい、小商《こあきな》いもさせているのじゃ」

「はい」

「その、お八重が行方知れずになったという。こりゃ、何としても解せぬわえ」

菊右衛門が盃を手にしたので、繁造は酌をした。

(あの女が行方知れずになったと、江戸から知らせてよこしたら、元締は、あわてて大坂を発《た》った。してみると元締、よほどに、あの、お八重という女に打ち込んでいなさるらしい)

そのほうが、守山の繁造にとっては解せぬことであった。

どこで見つけ出したものか、それは知らぬが、白子屋菊右衛門が江戸に囲ってある女、お

八重は、繁造にいわせるなら、

(おれが女房のほうが、ずっと増しだ)

と、いうことになる。

色は浅黒いし、鼻は低いし、ふとい眉毛が八の字についている。

ただ、十九歳という、血の色がみなぎった若い躰《からだ》だけが、老いた白子屋菊右衛門の嗜好《しこう》をそそるのであろうか。

(それにしても……?)

これまでに、菊右衛門が諸方に囲っている女を何人も見てきた守山の繁造だが、その中でも、江戸のお八重は、

(いちばん、ひどい)

のである。

(あんな女の一人や二人、行方知れずになったからといって、白子屋の元締ともあろうお人が、なんで、あわてなさるのだ。それがわからねえ)

江戸の山城屋伊八からの知らせをうけるや、足もとから鳥が立つように大坂を発ったのだから、お八重の探索を山城屋にまかせておけぬほどに、白子屋菊右衛門は、

(あの女の身を案じていなさる……)

ことになるではないか。

「のう、繁造」

「へ……？」

「こりゃあ、どうも、裏に何かあるような……」

「え？」

「お八重は、わしを嫌うて姿を隠したのやない。逃げたのやないわい」

菊右衛門は、その点、大いに自信をもっているらしい。

「そりゃ、もう……」

仕方もなく、ばつを合わせようとした繁造へ、

「あの、な……」

何かいいかけた菊右衛門が、急に口を噤《つぐ》み、黙りこんでしまった。

「元締……」

よびかけた繁造へ、こたえようともせぬ。

白子屋菊右衛門は、白い障子の一点へ視線を射つけたまま、身じろぎもしなくなった。

いつもは、凝脂《ぎょうし》に照っている顔の色が沈み、両眼が針のように細く光っていた。

繁造は、息をのんだ。

こうした顔つきになったときの、菊右衛門の胸の内がどのようなものかを、守山の繁造は、よくわきまえていた。

この日の朝も暗いうちに、近江の草津を発った菊右衛門と繁造は、草津の目明し・弥之助の手配による道中駕籠《どうちゅうかご》へ乗り、鈴鹿峠を越えて坂の下の宿場へ着き、旅籠・津屋《つや》文吉《ぶんきち》方へ草鞋《わらじ》をぬいだのである。

一

田島一之助は、その朝も暗いうちに舞坂の旅籠・大塚屋を出発した。
未明の目ざめが快適だったし、下痢もない。
(これなら大丈夫だ)
何やら、元気も出て、昨日の道中の遅れを取りもどすつもりになった。
昨夜、卵入りの白粥を食べて、ぐっすりと眠れた所為《せい》だろうか。
しかし、田島は大事をとり、この日も駕籠を雇って道中をつづけることにした。
岡崎城下で別れた北山彦七は、
「岡部の万屋《よろずや》という旅籠で、二日ほど待っていてくれ。すぐに追いつく」
と、いった。
ゆえに、急ぐこともないわけだし、むしろ、こちらのほうが北山を待たせ、
(心配させてやったほうがよい)

などと考えていた田島一之助だが、さりとて北山彦七のように東海道の、このあたりで寄り道をするところも思いつかなかった。

（ともかくも、岡部へ着いてからだ）

北山を心配させるためには、どうしたらいいか岡部へ着いてから思案をすればよい。

（この、おれというものがありながら……しかも、おれといっしょに道中をしていながら、ぬけぬけと女を買って遊ぶなどとは、けしからぬことだ）

前にも何度かあったことだが、このように、

（莫迦《ばか》にされたのは、はじめてだ）

駕籠にゆられつつ、田島一之助の鬱憤《うっぷん》は、まだ消えていない。

曇った空の下を、田島を乗せた道中駕籠は東へ急ぐ。

田島は、この日、十四里余を駕籠で飛ばし、遠州・金谷《かなや》の宿へ入り、旅籠・松屋忠兵衛方へ泊った。

駕籠は、二度、乗りついで、

「急げ、急げ」

駕籠舁《か》きへたっぷりと、こころづけをはずみ、夢中になって飛ばして来たのである。

体調もよくなったし、風を切って速足に街道をすすむ駕籠に乗っているのが、おもしろかった。

街道で、通りすがりの見知らぬ侍を、これまた、おもしろずくで暗殺したりする田島一之助には、駕籠のスピードをよろこぶ子供のようなところもあるらしい。

街道の荷馬《にうま》や旅人を、田島を乗せた駕籠がたちまちに追いぬいて行く。

それが、爽快《そうかい》なのだ。

二十五歳になった田島一之助には、こうした無邪気さがある。

もっとも、無邪気に人を殺害されては、たまったものではないが……。

田島一之助は、七歳のときに、人をひとり殺している。

その事件については、これまでに他人へ洩らしたことがない。北山彦七にも語ってはいない。

(あのときから、おれには人殺しの癖《くせ》がついてしまったようだ)

時折、田島は、そうおもうことがある。

金谷の旅籠へ入り、二階の奥の部屋へ落ちつき、風呂場の熱い湯に浸ると、たとえようもなく心地よかったのだが、部屋へもどり、膳部が運ばれて来て、箸《はし》を手にしたが、どうも食欲がない。

今日は、見付《みつけ》の宿《しゅく》の煮売り屋で昼餉《ひるげ》をしたためたのだが、そのときは煮魚も野菜も飯も旨《うま》かった。

「どうかなされましたかえ？」

中年の女中が、心配そうに尋ねるのへ、

「何でもない。おれがひとりでやる」

「へえ……」

「半刻《はんとき》もしたら、寝床をとりに来てくれ」

「承知いたしました」

女中が去った後で、田島一之助は酒を一本のんだ。味がしなかった。

(はて、妙な……?)

酢《す》の物へ、ちょっと箸をつけただけで、もう何も食べる気がしない。

寝床をとりに来た女中が不審におもい、いろいろと尋ねるのへ、

「今日は朝から、少し食べすぎているのだ」

「でも、お顔の色がよくありません」

「何でもない、大丈夫だ」

「さよでございますかぁ?」

やがて、田島は寝床へもぐり込んだ。

日中は、われながら元気になったとおもっていたのだが、いまは、躰中のちからがぬけたようで、

（どうも、おかしい……？）

けれども、腹が痛むわけではない。

（今日は、あまりに駕籠を飛ばしすぎて、疲れたのだろう）

目を閉じると、たちまちに、田島一之助は眠りに落ちた。


同じ夜。

藤枝梅安は、藤枝宿《じゅく》の旅籠・越前屋達平《たつへい》方に泊っている。

昨夜と今夜と、二泊したわけだが、小杉十五郎の行方を探してもらっている吉原宿の古着屋・鶴蔵へ、

「お前の知らせが来るまで、越前屋で待っている」

そういってある。

鶴蔵は雇った人数を分けて、東海道の上り下りへ目を光らせ、聞き込みをしているはずであった。

そのうちの二人は、すでに藤枝宿を過ぎ、東海道を駆け上っている。

となれば、梅安はうごかなくともよい。

梅安は、まだ眠っていなかった。

寝床をとらせてからも、女中にたのみ、冷酒を運ばせ、茶わんでゆっくりとのみつづけ

た。

今日は、父の墓がある正定寺へおもむき、寄進の金を差し出し、和尚に経をあげてもらった。

藤枝梅安の生い立ちを、くわしく知っている先代の和尚は、すでに、この世の人ではない。

梅安は、この藤枝の宿場町で、桶屋をしていた治平の長男に生まれた。

父親の治平は、梅安が七つのときに病死している。

梅安は、ずっと前に、彦次郎へ、

「親父が死んだとき、おふくろはね、死骸《しがい》に取りついて、わあわあ、わあわあと、まるで洪《で》水《みず》のように空涙《そらなみだ》をながしていやがったが……ふん。その翌朝になると、け、ろ、り、として、前からいた間男《まおとこ》と手に手をとり、おれ一人を置き去りにして、藤枝から逃げてしまったのさ」

と、語ったことがある。

そのとき、母親は、梅安の妹のお吉《きち》だけは連れて駆け落ちをした。

後年、このお吉が稀代《きたい》の悪女となり、

(実の妹ながら、お吉を生かしておいては、善い人たちが苦しむばかりだ)

と、藤枝梅安は決意をし、わが妹の息の根をとめた経緯《いきさつ》については〔おんなごろし〕の一篇に、くわしくのべておいた。

梅安にしては、めずらしく口汚《くちぎた》ない言葉で、

「女という生きものは、悲しくなくとも泣きゃあがるのだ。長い患《わずら》いの親父が死んで、胸の内ではしめた、とおもっていながら、それでも近所の人たちの前では泣いて見せやがるのだ。女は、みんな、それさ。おふくろの間男というのは、ながれ者の日傭取《ひようとり》で、権《ごん》、なんとかといやあがった。厭《いや》な野郎だったよ」

その梅安の口調の荒々しさ、激しさに、彦次郎は目をみはったものだ。

梅安の、子供のころの名を梅吉という。

独り、取り残された梅吉は、正定寺の先代の和尚に引き取られた。

それから半年ほど後に、和尚とは旧知の鍼医《はりい》・津山悦堂《つやまえつどう》が江戸から京都へ帰る途中、藤枝へ立ち寄り、正定寺を訪れたことによって、梅吉の運命は大きく変った。

津山悦堂に拾いあげられた梅吉は、悦堂から鍼医としての修業を受け、藤枝梅安の名をもらうことになる。

悦堂亡き後の梅安が、何故に、仕掛けの道へ落ち込んだかは、何度も書きのべておいたので、ここではふれぬことにしよう。

今日、正定寺へ墓参に出向いたときも、梅安は、なつかしい藤枝の宿場町の其処此処《そこここ》を歩いて見るようなことをしなかった。

頭巾《ずきん》で顔を隠し、人目を避けたのも、金ずくで人を殺す仕掛人の半面をもっているから

だ。

旅籠の越前屋は、七年ほど前に開業したばかりなので、梅安の顔を見知っているものは一人もいない。

それで、数年前に藤枝へ立ち寄ったときも、梅安は越前屋へ泊った。

四十を越えてから、藤枝梅安は、しきりに死んだ父親のことが想われてならない。

苦しげに咳《せ》き込みつつ、桶の底をはめこむための細い溝を彫っている瘦《や》せた父親の姿は、いまも梅安の脳裡《のうり》へ、はっきりと焼きついている。

そんな父親の目をかすめ、母親は、ながれ者の腕に抱かれていたのだ。

病体を鞭打《むちう》つようにして、女房と子供のために必死ではたらきぬいていた無口な父親の印象は、若いころの梅安にとって、きわめて淡かった。

父親というのなら、それこそ自分を手塩《てしお》にかけてくれた津山悦堂以外にはないと、梅安はおもいきわめていた。

そのおもいには、いまも変りはないが、男も四十をこえてみると、世の中の仕組みもわかってくるし、したがって、印象の薄かった父親の断片的な面影が、しだいに鮮明なものになってきたのである。

そのかわりに、自分を生んでくれた母親など、夢にもあらわれぬ。

(さて……そろそろ、明日には、鶴蔵からの知らせがあるだろう)

小杉十五郎については、これだけの手配《てくば》りをしたのだから、もし、東海道を上っているとすれば、

（かならず、見つけ出せる）

と、梅安は確信をもてるようになってきていた。

（いささか、酔ったような……）

この日の夕暮れから夜更けにかけて、藤枝梅安がのんだ酒は一升に近い。

ごろりと寝床へ身を横たえるや、梅安は深い眠りに引きこまれていった。

それから、一刻ほど後のことだが……。

藤枝宿から西へ約三里ほどはなれた金谷の旅籠に眠っていた田島一之助が、突然、目ざめた。

腹が痛み出したのだ。

（あっ……これは、いかぬ）

あわてて、廊下へ飛び出し、便所へ駆け込んだ。

激しい下痢であった。

「むう……」

田島は、しゃがみこんだまま、呻《うめ》き声《ごえ》を発した。

（ど、どうしたのだ、これは……）

き、り、き、り、と腹が痛む。全身に脂汗《あぶらあせ》が滲《にじ》んできた。

(わからん。こ、こんなに腹が痛むのは、はじめてだ)

ようやくに便所を出て部屋へもどり、寝床へ入った。出るものが出た所為《せい》か、いくらか楽になったようにおもい、うとうととしかけたが、また

しても、腹が痛み出し、便所へ飛び込む。

水のような便が、ほとばしるように出た。

二

翌日、空は晴れあがった。

前夜に、早くも桑名へ到着していた白子屋菊右衛門と守山の繁造は、この朝、伊勢湾の海上七里を船で尾張の宮へわたった。

「のう、繁造。実は、な……」

その船の上で菊右衛門は、はじめて、藤枝梅安の一命を奪うために、北山彦七と田島一之助を江戸へさしむけておいたことを、繁造へ打ちあけたのである。

「そりゃぁ元締、ほんとうでございますか?」

「今度は失敗《しくじり》もあるまい。北山彦七と田島一之助がしてのける殺しじゃ。これまでに、あの二人がしくじったことは一度もないわい」

「小杉十五郎も、お殺《や》りなさるので？」

「いや、小杉は後まわしや。ともかくも、この白子屋へ後足《あとあし》で砂をかけた梅安を見逃しておいては、わしの名にかかわる」

「ごもっともで」

「梅安を打ち捨てておいたのでは、この後、わしのなすことすることが、みんな虚仮《こけ》になってしまうわい。ところがな、繁造。北山も田島も腕は立つが、気まぐれなのが困る。あの二人、でけているのやないか？」

「へ、へへ……」

「やはり、そうか」

「仲のいいことで……」

「気味わるいことや。あんな田島の小僧を抱いて、どこがええのか……」

「北山さんは、両刀づかいでございますよ」

「ふうん……ま、何にもせよ、ここは、わしが江戸へ出張《でば》って、あの二人を指図したほうがよいわい」

いいながらも、白子屋の顔は曇っている。

「お八重が行方知れずとは……どうも、わからぬ。納得がゆかぬ」

お八重の母親お徳《とく》は、王子稲荷《いなり》・門前の料理屋〔海老屋《えびや》〕で座敷女中をしていたそうな。

それに、江戸へ来ていた白子屋菊右衛門が手をつけたのは六年ほど前のことで、お徳と亡夫との間に生まれたお八重も菊右衛門に引き取られ、根岸の小さな家で暮すようになった。

そのころの菊右衛門は、半年に一度は江戸へ出て来ていたものである。

何しろ、東海道でも顔がきく白子屋菊右衛門が金をふりまいて道中をするだけに、大坂から江戸まで約百四十里を、旅仕度もせず、気軽に往《い》ったり来たりするほどなのだ。

お徳が囲われた根岸の家は、なんでも、本八丁堀《ほんはっちょうぼり》の藍玉問屋《あいだまどんや》・大坂屋吉三郎《きちさぶろう》の寮《りょう》（別荘）だったのを、菊右衛門がゆずり受けたらしい。

さて……。

お徳は、菊右衛門の囲われものになってから三年後に、疫病《えきびょう》にかかって急死をしてしまった。

やがて菊右衛門は、残された娘のお八重にも手をつけ、依然として、お八重を根岸の家に住まわせ、中年の女中ひとりと、下男をつけ、一年ほど前から坂本の表通りへ小間物店を出させ、

「儲《もう》けなくともかまわぬから、退屈しのぎに、やってみるがよい」

と、お八重にいった。

お八重も、それをよろこんでいたようだし、行方知れずになる原因は、何一つ見当らぬ。

女中も下男も、山城屋伊八方から出ている者たちだし、山城屋がよこした手紙によると、失踪前までのお八重には、別に変った様子もなかったそうな。

お八重は、娘のころから、しっかりとした気性で、小間物の商売をするのに張り合いも出てきて、客にも愛想がよく、店も繁昌をしている。

失踪の当日、日が暮れる前に、お八重は坂本の店から程近い根岸の家へ帰った。

女中のお崎《さき》より一足先に店を出たのだが、それきり、姿を消してしまったというのだ。

お崎や、下男の政七《まさしち》に、手ぬかりがあったわけではない。

白子屋菊右衛門は、

「暗くなる前に店仕舞いをして、家へ帰るように」

これだけは、きびしくいいわたしてあったし、お八重も、これに逆らわなかった。

坂本の店の二階には、山城屋の番頭・常太郎夫婦が住んでおり、何から何まで、お八重には目がとどいている。

亡母のお徳の経歴についても、山城屋伊八がすっかり調べてあり、これといって、怪しむべきところはない。

白子屋菊右衛門にしても、山城屋に、

「なあ、伊八。女という生きものは、肌身を抱いてみぬとわからぬのや。お前は、お八重のどこがええのかと、おもうているやも知れぬが……ふ、ふふ。そりゃな、お八重を抱いてみぬかぎり、わからぬことや」

などと、さもうれしげに洩《も》らしたことがあるにしろ、お八重の失踪に血相を変え、東海道百四十里を下ってくるほど、夢中になっているわけでもあるまい。

ほかに何人も、美《い》い女を囲っている菊右衛門であった。

しかし、お八重の失踪は、何としても謎だ。

山城屋伊八が密書で知らせて来たように、何者かが、お八重を、

(勾引《かどわか》した……)

のではあるまいか。

もし、そうだとすると、これは、

(ほうってはおけぬ……)

ことになる。

白子屋菊右衛門は京・大坂のみならず、江戸へも手を伸ばし、縄張《なわば》りをひろげていた。

仕掛人をつかい、大金で殺人を請負《うけお》うばかりではない。

前にのべたごとく、密貿易にも加わっているし、香具師の元締としての勢力も大きい。

根岸の寮をゆずってくれた藍玉問屋の大坂屋とも、何やら秘密の関係があるとみてよい。

自分の手を血に染めなくとも、菊右衛門は数えきれぬほど、人を殺《あや》めてきている。

ゆえに、菊右衛門の命をねらう者や、その勢力を叩きつぶそうとはかる者が、(何人いても、ふしぎはない)

このことであった。

もしも、お八重が誘拐されたとしたら、その蔭には、白子屋菊右衛門へ害をあたえようとするたくらみが潜《ひそ》んでいるのではあるまいか……。

山城屋伊八の危惧《きぐ》も、そこにあった。

山城屋は、

「これは元締を、江戸へおびき寄せようとする計略があってのことやも知れませぬ。お八重さんのことは、こちらで手をつくして探しますゆえ、元締は気をおつけになって、大坂からうごかぬほうがよいと存じます」

そういってよこした。

よこしたが、こうなると菊右衛門は凝《じつ》としているような男ではなかった。

六十に近い年齢《とし》になっても、白子屋菊右衛門の精力は、はかり知れぬものがある。

こうした事故が起れば起るほど、闘志のようなものがわいてくる。

すべてを自分の目で見きわめぬと、おさまらぬ。

妙なことだが、それは菊右衛門のような男の、一種の生甲斐《いきがい》といってもよい。

これほどに暗黒街で勢力を張り、金銀をつかんだところで、これをゆずりわたすような子供もいない。

それなのに、つぎからつぎへと悪事をはたらくのは、

(何事も、わしのおもうままにならぬことはない)

という証明《あかし》を追いもとめているからなのであろう。

それこそ、白子屋菊右衛門の真の生甲斐なのである。

同じ朝も遅くなって……。

一剣《いっけん》・田島一之助は金谷の旅籠を出た。

夜半の腹痛にたまりかね、旅籠の者を起し、薬湯《やくとう》をもらってのんだのが効いたらしく、腹痛も、どうやらおさまったようだ。

(もう、大丈夫だろう)

濃い重湯《おもゆ》をつくらせ、口にしてみると意外に旨《うま》い。

天気もよく、暖い日和《ひより》になったし、

(これなら……)

と、出発したわけだ。

むろんのことに、この日も、田島は駕籠を雇った。

三

そのとき、藤枝梅安は、藤枝宿を西へ外れた瀬戸川《せとがわ》の岸辺の茶店にやすんでいた。

古着屋の鶴蔵からの連絡《つなぎ》は、まだ来ない。

今日も梅安は、正定寺の父の墓へ詣でた。

この小さな墓は、亡き津山悦堂が建ててくれたものである。

昨日も、また今日も、梅安は、自分が生まれ育った家を見てきた。

土地《ところ》の人びとが「神明《しんめい》さま」とよんでいる神社の傍道《わきみち》へ入って右側の小さな家だ。

梅安は神社の境内の、欅《けやき》の老樹の蔭から生家をながめた。

この前に見たときより、板屋根が新しくなっている。そのほかにも変ったところがあるのだろうが、子供のころの記憶によれば、

(どこも、かしこも、ほとんど変っていない……)

ようにおもえる。

梅安の生家に、いま住んでいるのは三十前後の指物師《さしものし》だ。

今日は、暖かい日和なので、表戸を開けはなち、仕事をしている姿がよく見えた。

顔も姿も、梅安の亡父とは全くちがっているが、

（ああ……親父も、あんなにして、毎日、桶をつくっていたものだ。弱々しげに呟きこみながら……）

梅安の感懐《かんかい》は、つきることを知らぬ。

父親は、時折、小銭を出して、

「団子、喰ってこい」

と、梅安へわたしてよこし、

「おっ母《かあ》には、ないしょだぞ」

念を入れるとき、ふだんは笑うことを忘れたような父親の血の気のない顔が微《かす》かにほころぶ。

母親が妹のお吉ばかりを可愛がるので、父親の治平は梅安を不憫《ふびん》におもっていたのであろう。

藤枝宿を南へ出ると、そこに瀬戸川が横たわっている。

瀬戸川は藤枝の西方の山地・瀬戸谷《せとのや》から発し、藤枝宿の南を過ぎ、焼津《やいづ》の北側から駿河湾へそそぐ。

その川には橋もなく、渡し舟もない。旅人は徒歩《かち》わたりをしたり、川水が増えているときは人足《にんそく》に背負われて川をわたる。

この川越《かわご》えの賃銀《ちんぎん》は、水が膝までのときは八文、帯まで増えたときは二十四文、胸までくると三十五文などと決められている。

藤枝の南方には、本多《ほんだ》伯耆守《ほうきのかみ》四万石の城下町があり、藤枝宿の街道にも、本多家の番所《ばんしょ》が設けられている。

宿場町の店屋は六百余軒。宿場町としては大きいほうだ。

瀬戸川の岸辺へ出た藤枝梅安は、そこにある茶店へ入って行った。

そろそろ、昼餉《ひるげ》の時刻になっている。

わら屋根の茶店は、むかしのままだが、梅安が子供のころ、茶店をやっていた老夫婦が生きているはずもない。

いまは中年の夫婦が店をやっている。梅安には見おぼえのない顔であった。

「いらっしゃいまし」

奥からあらわれた女房へ、

「団子はあるかね？」

「へえ、ございます」

「もらおうか」

「へい、へい」

運ばれてきた団子は、どこにでもあるようなものだ。

むかしは、老夫婦が工夫をして、蕎麦《そば》の実をまぜたり、胡麻《ごま》やヨモギを練《ね》りこんだりして、焼きたてのところへ甘辛い垂汁《たれ》をつける。それが子供のころの梅安には、何よりの好物であった。

だが梅安は、茶店の女房へ、むかしの老夫婦のことなどを尋ねようともせぬ。

よく知らぬ相手には、よけいな口をきかぬようになったのも、仕掛けをするようになってからのことだ。

堤の下には、川越人足の溜がある。

いまは川水が少ない季節なのだが、足が濡れるので、人足に背負われて川をわたる旅人も少なくない。

茶店の中には、梅安をふくめて四組の客がいた。

ちょうど昼どきで、川をわたる旅人が、ちょっと絶えかけている。

茶店で出す煮魚で腹ごしらえをしている旅人もいた。

藤枝梅安は団子を食べ終え、熱い茶をのんでから、勘定をはらい、茶店を出ようとした。

そのとき、人足に背負われ、瀬戸川をわたって来た旅人が、堤の上へあがって来た。

その旅人は、人足に背負われたまま、苦しげに呻《うめ》いている。

「もし、おい、おさむらいさん。しっかりしなせえ」

人足の声に、そちらを見た藤枝梅安が、たちどころに病人だとわかって、

「どうしたのだ？」

と、声をかけた。

「へい。いえ、向う岸まで道中駕籠で来たらしいのだが、よっぽど、腹が痛むらしいので」

「腹が……」

「へい」

人足が、背中の旅人へ、

「もし、おさむらいさん。いま、駕籠をよんでやるから、此処で待っていなせえ」

「だ、大丈夫だ」

旅人は人足の背中から下りたが、

「あっ……あっ、う、うう……」

腹を押えて屈《かが》み込んでしまった。

この旅人、田島一之助であった。

「だれか、たのむ。い、医者を……医者のところへ連れて行ってくれ」

「だからよ。いま、宿《しゅく》へ行って駕籠をたのんで来るから、待っていなせえ」

人足が藤枝宿の方へ駆け出して行った。

田島は、茶店の縁台へ打ち倒れ、唸《うな》り声《ごえ》をあげた。

病人と知って、梅安が知らぬ顔をしているわけにはまいらぬ。

こうしたときには、鍼《はり》医者・藤枝梅安としての本分《ほんぶん》に逆らうことができない。

「これ……旅の人。腹が痛むようですな。私も医者の端《は》しくれです」

いいながら、梅安は田島一之助へ近寄り、その肩へ手をかけた。

「そうかえ。まだ、何とも知らせがないのかえ」

「あれば、すぐさま、元締《もとじめ》のところへ駆けつけますよ」

「そうだったねえ」

品川台町の外《はず》れの、彦次郎と小杉十五郎が住み暮している家へ訪ねて来た音羽の半右衛門が、

「梅安先生にも似合わぬことだねえ」

「まったく、どうかしている」

彦次郎は、いまいましげに舌打ちを洩らし、

「いつなんどき、知らせが来るか知れたものではねえとおもうから、めったに、この家を留

守にすることもできません」

「そうだねえ」

「いったい、梅安さんは、おれのことを何とおもっているのだ」

「ま、怒ってはいけませんよ、彦さん」

「ですが元締。怒りたくもなろうじゃござんせんか」

「ねえ、彦さん……」

「え……？」

「一昨日、お前さんが私のところへ来てくれたとき、梅安先生に、ぜひともたのもうとおもっていた仕掛けのことを、お前さんに打ちあけたね」

「へえ……」

「そのことについてなのだが……」

いいさして、音羽の半右衛門は、彦次郎が出した熱い茶を啜《すす》った。

彦次郎は息をつめ、半右衛門を見まもっている。

「実はね、彦さん……」

「へえ……」

「もしも、梅安先生が、この仕掛けを引き受けて下すったときは、お前さんもちから、ちからを貸してくれるといいなすったね」

「たしかに申しました」

「それでね、もしも、梅安先生が、わしのたのみを聞き入れてくれなかったときは、お前さんだけでも、わしの手つだいをしておくれかえ？」

上眼《うわめ》づかいに半右衛門が、じろりと彦次郎を見た。

その眼つきの鋭さに、彦次郎は圧倒されかけた。

ふだんは、小男《こおとこ》で好々爺《こうこうや》の半右衛門だが、その内に潜《ひそ》む凄味《すごみ》には計り知れぬものがある。

彦次郎は、瞑目《めいもく》の表情となった。

外の日だまりで、野良猫が鳴いている。

音羽の半右衛門は、ゆっくりと煙草を吸いはじめた。

「彦さん。梅安先生の仕掛針《しかけばり》がつかえないとなれば、お前さんの吹矢にたよるよりほかに道はないのだよ」

「元締……」

両眼をひらいた彦次郎が、

「ようござんす」

「引き受けておくんなさるか」

と、半右衛門が身を乗り出し、

「ありがとうよ、彦さん」

「相手が相手だ」

「そのことよ」

「なればこそ、梅安さんは、元締のたのみをことわるかも知れません」

「前には、仕掛けの相手の名もいわぬうちに、ことわられたのだからねえ」

「どっちにしろ、私は、お手つだいをさせてもらいますよ」

「仕掛人のお前さんが、わしの前で約束をしたのだ。後になって、ことわるわけにはいかない」

「心得ていますとも」

「酒があるかえ？」

「え……元締は、昼間からおやりなさるので？」

「なあに、お前さんと固めの盃をかわしたいのさ」

「念を押すにはおよびませんがね」

苦笑しながら彦次郎は台所へ行き、白鳥《はくちょう》（白の大きな徳利《とくり》）の冷酒を二つの茶わんへ注《つ》ぎ、

「これで、ようござんすか」

「いいとも」

二人は茶わんを手にして、眼と眼を合わせ、うなずき合ってから酒をのみほした。

「これでよい、これでよい」

「私も、梅安さんほどには、元締に信用がねえらしい」

「つまりはそれほどに、今度の仕掛けが大変だということさ」

「ちげえねえ」

「それにしても、何だか気がかりになってきた。一日も早く梅安先生の顔が見たい」

「まったく、もう……いってえ、どこにいるのだか……」

「それでね、彦さん」

「え？」

「お前さんと固めの盃をかわしたからには、もう、隠しておくこともないだろう」

「何を、ね？」

音羽の半右衛門が口を寄せてきて、何やらささやいた。

彦次郎が、驚嘆の目をみはった。

一

田島一之助は、藤枝梅安に背負われて藤枝の宿《しゅく》へ入り、梅安が泊っている越前屋へ入った。

梅安は、瀬戸川の川越人足《かわごしにんそく》がよびに行った駕籠が、なかなかにやって来ないので、

「よし。私が背負って行こう」

腹を押えて苦しむ田島へ、ひろい背中を向けたのであった。

それからのことを、田島一之助は、よくおぼえていない。

越前屋の二階の部屋へ、自分を担《かつ》ぎ込んでくれた坊主頭の大男は、

(たしか……医者の端《はし》くれだと、いっていたようだが……)

もとより田島は、藤枝梅安だとは知るよしもない。

これから北山彦七と共に江戸へ到着し、山城屋伊八の手引きにより、梅安の顔や住居を密かにたしかめた上で、暗殺することになっている。

藤枝梅安は、田島一之助を臥床《ふしど》に寝かせて、ていねいに診察をしてから、うつぶせにして、指圧をおこなった。

痛みをやわらげると共に、何が原因の腹痛なのかを探るためだ。

「ここは痛むか、どうです?」

「いや……」

「ここは?」

「うっ……」

「痛む。なるほど……ここは?」

「痛《つ》っ……」

梅安は、この寒いのに満面へ汗を浮かべて、熱心に指圧をほどこすと、

「あ……ああ……」

その、こころよさに、田島は、おもわず声を発した。

ふしぎに、痛みがやわらいでくる。

うつぶせになっている田島の耳へ、梅安が越前屋の番頭に何かいいつけている声がきこえた。

宿場の薬屋へ、数種類の薬を買いに行かせたらしい。

「どうです、少しは楽になりましたか？」

「か、かたじけない」

「痛みが引いたようですな？」

「おかげをもって……」

「そのまま、眠れるようなら、眠られたがよい」

「は……大丈夫とおもい、瀬戸川をわたるとき、道中駕籠を帰してしまったので、御迷惑をおかけした」

指圧は、尚も、つづけられている。

「まことに、お世話を……」

「何の、何の」

「私は、田島一之助と申します。お名前を、おきかせ願いたい」

「戸波高栄《となみこうえい》と申します」

と、即座に梅安がこたえた。

「戸波、高栄先生……」

「はい」

「たしかに、うけたまわりました」

と、田島は神妙であった。

いかな田島一之助も、急病の躰を医者の手にゆだねているときには、まるで少年のような無邪気に返ってしまう。

梅安は、戸波高栄の名前で越前屋に泊っていた。

(助かった……これで、助かった。このような、親切な医者どのに出合って、おれは運がよかった。それにしても、何と、たのもしい医者どのだろう)

梅安の顔、声、診察をする手の感触など、そのいちいちが田島一之助に感謝の念を起させたといってよい。

医者の手にかかり、このような看護を受けたのは、生まれて初めての田島一之助だったのである。

薬が届くと、藤枝梅安は、となりの部屋へ入って薬を調剤しはじめた。

その間、田島は、うつらうつらと眠りはじめている。

一時ながら、梅安の巧妙な指圧によって、痛みが消えたのであろう。

おそらく北山彦七は、昨日あたり、岡崎を発《はっ》して駿河の岡部へ向いつつあるにちがいない。

藤枝から岡部までは、東へ、わずか二里足らずにすぎない。

(かまうものか、勝手にするがいい)

と、田島はおもった。

岡部へ着いてみると、まだ、田島が来ていないと知り、北山彦七は心配するにきまっている。

(いくらでも心配するがいい。うんと心配させてやる)

このことであった。

田島一之助が目ざめたとき、折しも越前屋の番頭が行燈《あんどん》へ灯りを入れに来て、

「おや……ぐあいは、いかがで?」

「う……あの、戸……戸波先生は?」

「急に、お発《た》ちになりました」

「えっ……」

「大丈夫でございますよ。いま、すぐに薬湯《やくとう》をもってまいります」

番頭は、煎《せん》じた薬湯をもって引き返して来て、

「さ、この薬を、おのみなさると、よくなるそうでございますよ。そのかわり、三日ほどは此処《ここ》におとどまりになって、しずかにしておいでにならぬと、また、痛み出すそうでございます」

「そうか……戸波先生の、いわれたとおりにする」

と、田島は素直になっている。

「それにしても、あらためて御礼を申しあげぬままに、戸波先生は、お発ちなされてしまったか……」

「お迎えの人がまいりました。急用が出来たのだそうでございますよ」

「そうか……」

薬湯をのむと、またも眠くなってきた。

つぎに目ざめたのは、夜に入ってからだ。

田島は、女中にたすけられて便所へ行った。

少し下痢をしたが、腹の痛みは軽くなっている。

部屋へもどると、番頭が、また薬湯を運んで来て、

「さ、おのみ下さいまし」

「うん……」

中年の番頭の親切までが、田島の胸にこたえた。

こうした経験は初めてだ。それもこれも、あれほどに苦しい痛みが、梅安の手当によって軽快となったからだ。

「戸波先生は、どちらへ、まいられたのだ？」

「さあ……ともあれ、東海道を下っておいでになりました」

「そうか……ぜひとも、いま一度、お目にかかって、御礼を申しあげたい。先生は何処《どこ》に住み暮しておられるのだ？」

「江戸だそうでございますよ。三年ほど前にも一度、お泊り下さいまして……」

「江戸なら、これから私も行く。江戸の何処にお住いなのだ？」

「ちょっと、お待ち下さいまし」

宿帳を持って来た番頭が、

「ええと……深川の加賀町《かがちよう》と書いてございますが」

「深川の、加賀町だな」

「はい」

「よし、わかった」

「お痛みは？」

「大分に、よくなった。いろいろと厄介《やっかい》をかけて相すまぬ」

「とんでもないことでございます」

田島一之助が、素直に他人へ感謝の言葉をのべたのは、何年ぶりのことであろう。

田島自身はそれと気づかぬままに、また、眠りへ落ちた。

二

藤枝の越前屋へ、梅安を迎えに来たという男は、ほかならぬ古着屋の鶴蔵であった。

田島一之助のために、薬の調剤を終え、二階の自分の部屋へもどっていた梅安は、

「此処へ通して下さい」

と、女中にいった。

藤枝梅安は、鶴蔵にも〔戸波高栄〕の名で越前屋に泊っていることを、ぬかりなくつたえておいた。

身軽な旅姿の鶴蔵が、部屋へ入って来たのを見て、

「鶴蔵さん。よい知らせらしいな」

おもわず、梅安は腰を浮かせた。

鶴蔵の顔が、笑いくずれていたからだ。

「先生。よく、わかりましたねえ」

「どうした。小杉さんの消息がつかめたのか?」

「消息どころではありませんよ。ばったり、出喰《でく》わしたので」

「ほ、ほんとうか」

さすがに、梅安の声も弾んで、

「ど、何処で出合ったのだ?」

「へえ。小杉の旦那が箱根を越え、黄瀬《きせ》川の橋のたもとの茶店で、やすんでいるところへ、私が通りかかりましてね」

「そうか、そうか……」

「足をね、怪我《けが》しておいでで、道中駕籠に乗って道中をしていなさいました」

「怪我……」

「へえ、杖《つえ》をついていて、たしかに足許がしっかりしておりません」

「ふうむ……」

徒《ただ》の怪我とはおもえぬ。

だが、古着屋の鶴蔵は、小杉十五郎の言葉を、そのままに信じきっているらしい。

「なあに。それでも、小杉の旦那は元気ですよ」

「それなら、よいが……」

「前にね、先生のお宅で小杉の旦那を見ていたのがよかった。ですが一日か二日のちがいですよ。私がたのんだ連中なら、きっと見つけましたぜ。それに、あれだけ費用《ついえ》をかけておくんなすったのだから、どんなこともできます。おかげで、たのしいおもいをさせていただきましたよ」

「小杉さんのほうでは、お前を見おぼえていたか？」

「はじめは、ちょっとわからなかったようですが、すぐに、おもい出してくれましたよ」

「で、小杉さんは？」

「いま、沼津《ぬまづ》の池田屋という宿屋においでなさいますよ」

「また一人で、出て行ってしまわぬだろうな」

「ちゃんと見張りをつけてあります。もっとも小杉の旦那はね、梅安先生のことを私に聞くと、何やら、ほっとした様子で……」

　小杉十五郎は、古着屋の鶴蔵に、

「私が悪かったと梅安どのへつたえてもらいたい。これで私も心が安まる。梅安どのがもどって来られるまで、私は、この池田屋から一歩も出ない」

　と、誓ったそうである。

「よし。すぐに発とう」

「先生。明日になってからでも大丈夫でござんすよ。小杉の旦那は逃げやぁしません」

「お前は疲れていようが、たのむ」

「なあに、私は、ちっともかまいませんが、もう間もなく日が暮れます」

「かまわぬ。駕籠を雇って行けるところまで行きたい」

「ようござんす。それじゃぁ、駕籠をたのんでめえります」

先刻、担ぎ込んだ旅の若い侍の病気が気にならぬこともない。

だが、梅安が診《み》たところ、

(私が調剤した薬湯を、いいつけたとおりにのみ、三日ほど、此処からうごかずに静養していれば、かならず、よくなるだろう)

田島一之助の腸が、あまり丈夫でないことは、よくわかったが、むりをせずに道中をするのなら、

(先ず、心配はない)

と、おもった。

そこで梅安は、手早く、手当の方法を紙に書きしたため、越前屋の番頭へわたしておいた。

後になって、田島一之助は梅安が書いた手当の方法を番頭から見せられ、

(ああ、ありがたい。何と、行きとどいた方なのだろう。江戸へ行ったなら、何としても深川の家へ戸波高栄先生を訪ね、かならず、この御礼を申しあげなくてはならぬ)

われとわが胸に、いいきかせた。

このように殊勝な心境になっている自分を、田島は特別に自覚をしていない。

岡崎の城下外れで、通りがかりの侍を何の理由もなく、おもしろずくに斬って捨てた田島と、いま、藤枝梅安への感謝に包まれ、一種の幸福感に浸《ひた》っている田島とは、別人ではない、同じ若者なのである。

まさに、

「矛盾《むじゅん》の極」

と、いってよい。

しかし、田島一之助ほどに矛盾が極端でないにせよ、大なり小なり、この矛盾を抱えて生きているのが人間なのだ。

梅安への感謝を素直にあらわしている田島が、これまた無造作に辻斬りをしてのける。

わずか七歳の小児にすぎなかったころ、人を殺した田島の異常な生い立ちが、矛盾の調節がきかぬ男にしてしまったのであろうか……。

藤枝梅安が、鶴蔵と共に越前屋を去った日の夜、田島一之助は、ぐっすりと眠った。

(やはり、むりをして駕籠に揺られつづけていたのが、いけなかったのかなぁ……)

まだ、食欲は起らぬが、薬湯をのむたびに痛みが減じてくる。

夜更けには、また一度、腹が下ったし、しくしくと痛みはするが、前のような虚脱感はなかった。

躰に、何やらちから、が少しずつ、よみがえってくるように感じられる。

「よく、眠っていなさいますよ」

と、田島の様子を見に行った中年の女中が、番頭に告げた。

「そうかい。それは何よりだ」

「まるで子供のように、あどけない顔をして、眠っていましたよ」

「今日は何かと大変だったね。さ、もう寝ておくれ」


同じ夜。

藤枝梅安と鶴蔵は、道中駕籠へ酒代《さかて》をはずみ、一気に宇津谷峠《うつのやとうげ》を越え、府中（静岡市）へ到着した。

梅安は、鶴蔵をともない、三日前に泊った伊勢屋十兵衛方へ旅装を解いた。

府中から、小杉十五郎がいる沼津までは約十四里二十余丁。

梅安は駕籠を乗りつぎ、明日中には沼津へ入るつもりでいた。

ところで……。

北山彦七が岡崎を発ったのは、田島一之助が舞坂を出発して金谷へ泊った同じ日であった。

(うふ、ふふ……一《かず》よ。すぐに追いつくぞ。怒るな、怒るな。だがな、お前が怒って拗《す》ねて

いるところは可愛ゆいぞ。すぐだ。すぐに、おもうさま可愛がってやるからな）

北山は、藤枝梅安を暗殺するため、江戸へ向っていることなど、忘れ果ててしまっているかのようだ。

岡崎で抱いた三人もの女の移り香が、北山の肌にこびりついている。

北山は、この三日間、入浴もしていない。

（女もいいが……うふ、ふふ……田島もいい。いや、一めは女よりもいいわい）

田島一之助を助けた藤枝梅安が府中へ入った夜、北山彦七は遊び疲れた躰を道中駕籠に乗せ、新居《あらい》の宿《しゅく》へ泊っている。

同じ夜。

早くも、白子屋菊右衛門と守山の繁造は、三河の池鯉鮒《ちりゅう》まで来ていた。

池鯉鮒から新居までは約十六里。藤枝までは約三十四里。

これでは白子屋菊右衛門が、北山・田島の両人を追い越してしまうことになりかねない。

三

翌朝。

藤枝梅安は府中を発つにおよんで、江戸の彦次郎へ急飛脚《きゅうびきゃく》を出しておいた。

府中の飛脚問屋《どんや》へ金を出し、手紙を届けさせたのである。

急行の飛脚は金もかかるが、府中から江戸まで四十四里二十六丁を三日弱で走りぬく。

「小杉さんと共に、間もなく帰る。つもるはなしは江戸へ帰ってより。　梅」

と、これだけの文面であった。

藤枝の越前屋で目ざめた田島一之助の顔に、わずかながら血の色が浮いた。

「まあ……よくおなりですねえ」

と、女中の目にも、はっきりと、それがわかった。

下痢も、とまっている。

これまでの田島なら、もう大丈夫とばかり、駕籠をたのんで出発したろうが、この朝は、むしろ、のんびりとした気分になって、

「腹がへった……」

「あれ、もう、そんなことを」

「食べてはいけないのだろうなあ」

と、田島が、中年の女中へ甘え声を出した。

「いけません」

女中も母親になったつもりで、

「もう一日、我慢をなさるようにと、戸波先生のおいいつけでございますよ」

「そう……そうだったなあ」

「ちょっと、お待ちを……」

女中のおたよは階下へ行き、薬湯を煎《せん》じて、これを田島にのませた。

「う……苦《にが》いなあ」

「良薬《りょうやく》は何とやら申します」

「はい、はい」

「旦那……」

いいさして、おたよが指で白いものをつまみ出し、

「はい、ごほうび」

「何だ？」

「お口を開けて」

「こうか」

と、田島は屈託がない。

田島の口へ、おたよが入れたのは糯米《もちごめ》でつくった白飴《しろあめ》であった。

「ゆっくりと、おしゃぶりなさいまし」

「かまわぬのか？」

「戸波先生のおゆるしが出ておりますよ」

「そうか……ああ、旨《うま》い……旨い」

その白飴の甘さが、たとえようもなかったのだ。

すでに田島は、飴の味などを忘れてしまっていたのである。

「旨い……こ、これほどに旨いものを、口にしたことがない」

「まさか……」

「いや、ほんとうだよ」

近ごろ、女を相手に、これほどしゃべったことがない田島一之助なのだ。

女中のおたよは、四十を一つ二つ越えていようか……色白《いろじろ》の、ふっくらとした顔だちで、病死してしまった夫との間に生まれた男の子が、いまは二十三歳になり、同じ藤枝宿で、家業の足袋《たび》屋をしている。

この秋には嫁を迎えることになっていて、息子のほうでは、一日も早く、おたよを手許《てもと》に引き取りたいのだが、越前屋の開業以来の古参女中ゆえ、

「あと一、二年は、ぜひとも居てもらいたい」

と、主人もいうし、おたよも、

「まだまだ、はたらけるから心配をしなくともいいよ」

と、息子にいってある。

そうした女だけに、田島一之助への看病も行きとどき、藤枝梅安の手当によって心が和《なご》ん

できている田島は、

（こういう女を母親にもっていたら、おれも、いまごろは、別の世界に生きていたろう）

おもわざるを得ない。

田島一之助は、生母の顔を知らぬ男であった。

「今度は、いつ、飴がもらえる？」

「夕方、お薬湯の後で……」

「ほんとうか？」

「ええ、ええ」

おたよも、田島が息子の吉太郎《きちたろう》と同じ年ごろだけに、自然、看病にも心がこもるのだ。

夜に入った。

薬湯の後で、白飴を口に入れてもらった田島一之助は、子供のように他愛もなく眠りはじめた。


そのころ……。

北山彦七は遠州の袋井《ふくろい》へ入り、若松屋という旅籠《はたご》で酒をのんでいる。

白子屋菊右衛門と守山の繁造は、三河の吉田まで来た。

吉田から袋井までは約十四里。前日にくらべて、白子屋と北山との距離は二里ほどちぢめられているし、藤枝にとどまっている田島との間は、十里もちぢまってしまったことになる。

同じころに……。

藤枝梅安と鶴蔵は、沼津の宿屋・池田屋へ到着をした。

乗りつぎの道中駕籠から下りた藤枝梅安は、草鞋《わらじ》を脱ぐや、女中の案内で奥の離れ屋へ急いだ。

池田屋は格式もあり、造りも立派なもので、廊下が長い。

廊下を離れ屋へ近づく梅安の足音に、それと察した小杉十五郎が出迎えて、

「あっ……申しわけもない」

と、片膝をつき、頭を下げた。

その十五郎の頭を、いきなり、梅安が殴《なぐ》りつけたものだ。

十五郎は、うなだれたまま、身じろぎもせぬ。

案内の女中が、びっくりして走り去った。

梅安は十五郎を廊下へ残したまま、中へ入り、旅合羽《たびがっぱ》をぬぎ捨てて、

「小杉さん。ま、お入りなさい」

「は……」

「手をあげてすまなかった」

「いや……」

一瞬、息をのんだ小杉十五郎が、

「うれしかった……」

と、つぶやいた。

梅安に殴られて、うれしいといったのである。

梅安は、照れくさそうに横を向き、

「怪我をしたと、きいたが……」

「斬られましてな」

「だれに？」

「さて、わからぬ。顔も見ぬうち、逃げられてしまいましたよ。なに、こうしたことは何度もあった」

「まったくもって、心配をさせるお人だ」

「すまぬ」

「それもこれも、私のためにして下すったとおもえば、手をあげるのは間ちがいなのだが……おもわず、やってしまった」

「当然だ、梅安どの。もっと、やってもらいたい」

「でも、まあ、どうにかつかまえた」

ようやくに、笑顔を見せた。

「いったい、お前さん方は、今度の仕掛けを何とおもっているのじゃ。わしは疾《と》うに、お前さん方が江戸に着いているものとばかりおもっていたが、一昨日、見付の宿《しゅく》へ泊った折に、江戸の山城屋伊八からの知らせが待ち受けていて、まだ、お前さん方が顔を見せぬという……」

「白子屋の元締《もとじめ》。申しわけがない。だが、まさか元締が東海道を下って来ようとは、夢にもおもわなんだ……」

「冗談やない。わしが下ろうが下るまいが、お前さん方は、この仕掛けを大金で請負《うけお》っているのじゃ。それを忘れてもらってはどうもならぬ」

北山彦七を前にして、白子屋菊右衛門が凄《すさ》まじい形相となり、

「どうするつもりや？」

「いや、その……」

「やる気があるのか、ないのか、それを聞きたい」

「元締……」

　さすがの北山彦七が、白子屋の貫禄と凄味《すごみ》に圧倒され、顔をそむけて、

「そのような眼つきを、なさらんでもよいではないか」

「田島一之助さんは、何処にいるのじゃ？」

「さ、それが、わからぬので……」

「わからぬ……？」

「この岡部の万屋《よろずや》で、先に来て待っているはずだったのですがな」

「それが、何故いないのや？」

「わからぬ、どうも、それが……」

「あんたは一人で、何処で何をしていたのじゃ？」

「いや、その……岡崎の城下に、むかしの友だちが住んでいたので、一夜、語り合いたいと
おもい、田島を先に……」

「どんな友だちや？」

「むかしの、剣術仲間でしてな」

「ようということや。白粉《おしろい》をつけて紅塗《べにぬ》って剣術する友だちやろ」

「まさか、元締……」

「なるほど。それでわかった。田島さんが怒って、拗《す》ねて、姿を暗《くら》ましたわけがわかった」

じろりと睨《にら》まれて、北山彦七はくびをすくめた。

（元締は、おれと一《かず》のことまで知っていたのか……）

つい、いましがた、北山彦七が岡部宿の旅籠《はたご》・万屋の二階の窓から顔をつき出し、

（一め。いったい、どうしたのだ？）

街道を下って来る旅人をながめているところへ、白子屋菊右衛門を乗せた道中駕籠《かご》が通りかかったのだ。

駕籠につきそっていた守山の繁造が、笠の間からこれを見つけ、

「元締。北山先生が……」

と、告げた。

「何やて？」

駕籠から出た白子屋に、

「北山さん。そこで何をしているのや？」

いきなり怒鳴りつけられ、北山彦七は驚愕《きょうがく》した。

白子屋は、すぐさま万屋へ入って来て、北山の部屋へ通り、ぴしぴしと詰問《きつもん》をはじめたの

である。

北山彦七は一昨日の日暮れ前に、田島一之助が泊っている藤枝を何も知らずに通りぬけ、藤枝からわずか二里ほど先の岡部へ入り、顔なじみの万屋へ草鞋《わらじ》をぬぎ、

「拙者の連れの者が、先に来ているな？」

「いえ、別に、どなたも……」

「何、来ていない？」

「はい」

「ふうむ……」

田島一之助が急病にかかったことを知らぬ北山は、

（一め。拗ねて、おれを困らせているらしい）

そうおもって、格別に、気にとめなかった。

（一は、どこかで、おれが万屋へ入ったのを、ひそかに見とどけているのだろう。今夜か、明日の朝には、顔を見せるにちがいない）

楽観して、この夜も大いに酒をのみ、ぐっすりと眠った。

翌日になっても、ついに田島はあらわれなかった。

今朝になると、さすがに北山も、

（どうしたのか……何か、一の身に異変でも起ったのか？）

心配になってきた。

遊女を抱いた北山彦七への怒りから、街道筋で、また人を斬ったりして、役人に追われているのやも知れぬ。

田島一之助なら、

(やりかねぬ……)

ことであった。

そして、北山は白子屋菊右衛門に見つけられてしまった。

白子屋は、田島一之助など放り捨ててこれから一緒に江戸へ向うのだといい、立ちあがった。

「ですが元締。田島は強い。たのみになります」

「この旅籠へ田島さんが着いたなら、江戸の山城屋へ駆けつけて来るように、置き手紙などしておきなされ。それでよろし」

「はあ……」

「さ、仕度じゃ。早うしなされ」

そのころ、田島一之助は藤枝の越前屋に、まだ泊っている。

この日の夜になって……。

品川宿で駕籠を乗りついだ藤枝梅安と小杉十五郎は、ようやくに江戸へもどってきたのである。

一

大川から東へ切れ込んだ掘割《ほりわり》の、油堀《あぶらぼり》川の川面に陽炎《かげろう》が立ちのぼっていた。

永代橋《えいたいばし》をわたり、深川の地へ入った田島一之助は、

(春になったのだなあ……)

うっとりと、晴れわたった空を見あげた。

田島が、藤枝の越前屋を出発し、江戸へ向ったのは六日前のことだ。

昨日の夕暮れに江戸へ入った田島一之助は、田町(現港区芝)三丁目の宿屋・上総屋《かずさや》宗兵《そうべ》衛《え》方へ旅装を解いた。

越前屋で、藤枝梅安の言いつけを素直にまもり、女中のおたよの親切な看病をうけた田島は、江戸への道中にも駕籠を使ってむりをしなかったので、江戸へ入ったときは、ほとんど以前の彼にもどっていた。

藤枝を発った日に、岡部の万屋へ立ち寄り、

「江戸の山城屋に待っている」

と、したためた北山彦七の短い置き手紙を見た田島だが、

「ふん……」

鼻で笑って、旅を急ごうとはしなかった。

北山彦七は、三日ほど万屋に滞留し、田島が来るのを待ちかねていたらしい。

(よい気味だ)

その北山を、通りかかった二人の町人が引き立てるようにして江戸へ向ったと、万屋の番頭が田島へ告げた。

番頭のはなしを聞くと、どうも、その一人は、

(白子屋の元締らしい……)

のである。

(ふふん……尚更《なおさら》に、よい気味だ)

それにしても、

(白子屋の元締は、なんでまた、東海道を下って来たのだろう?)

よくはわからぬが、どうでもよかった。

田島一之助が江戸へ入って、先ず第一におもい浮かべたのは、藤枝梅安のことであった。

梅安は、

「戸波高栄」

と、名乗っておいたので、

(越前屋の宿帳には、江戸の深川の加賀町に住んでおられるとか……先ず、戸波先生をお訪ねして、御礼をのべねばならぬ)

田島は、そうおもった。

(おれに、戸波先生のような父や兄がいたなら、もっと別の……血の匂いを嗅《か》ぐこともない道を歩んでいたろう)

と、おもいもかけぬことが、田島の脳裡《のうり》に浮かびはじめている。

佐賀町《さがちょう》へ出て、油堀川に沿った道を東へ折れると、間もなく深川の加賀町となる。

この町内は小さい。

田島一之助は、加賀町の小間物屋へ入って、

「戸波高栄先生のお住居は、どのあたりか？」

と、尋ねた。

小間物屋の女房が、

「となみ、先生でございますか……」

「さよう。医者の戸波先生だ」

「さあ……このあたりには、そんなお方は住んでおいでになりませんけれど……」

「住んでいない？」

「はい。てまえどもは、もう此処《ここ》に長らく住んでおりますので、間ちがいはございません」

「ふうむ……いや、ありがとう」

「いいえ……」

念のために、あたりをまわって三、四軒ほど尋ねたが、こたえは小間物屋の女房と同じであった。

「それは、もしやして、元《もと》加賀町なのではございませんか?」

と、いってくれた人がいる。

元加賀町は、深川も本所に近く、霊巌寺《れいがんじ》という大刹《たいさつ》の裏手だそうな。

ここも、小さな町内だ。

田島は、

(そうだ。そこにちがいない)

気を取り直して、元加賀町へ向ったが、結果は同じである。

(はて……?)

たもとを探り、田島は折りたたんだ紙をひろげて見た。

〔江戸、深川加賀町、戸波高栄〕

と、したためてある。

藤枝の越前屋を発つとき、念のために宿帳を見せてもらい、田島が書き写してきたものだ。

（住んでいたこともないという。これは妙な……してみると、戸波先生は、偽《いつわ》りの住居を宿帳にしたためられたのであろうか？）

住所も偽りということは、それなりの事情があるからにちがいない。

してみると、

（戸波高栄という名も、偽りの名か？）

田島の想像はひろがってゆく。

戸波高栄と会えなかった失望と同時に、好奇のおもいを、田島は押えることができなかった。

（そういえば……あの人は、いまにしておもうと、やはり徒者《ただもの》ではなかった……）

田島一之助は冴えぬ面持ちで、霊巌寺門前の茶店へ入り、熱い饂飩《うどん》を食べてから、永代橋の東詰へ引き返した。

（仕方もない。宿へ帰るか……）

何となく、まだ、白子屋菊右衛門や北山彦七がいる山城屋へ行く気がせぬ。

（今夜も、田町の宿屋へ泊ることにしよう）

白子屋の元締や北山彦七に何かいわれたら、

「急病で倒れていたのです。おうたがいなら、藤枝の越前屋という旅籠へ行って尋ねなさるがよい」

そういうつもりだ。

急病だったのは事実だし、田島に一人旅をさせた責任は、北山彦七にあるのだ。

田島は、永代橋を西へわたった。

ときに、八ツ（午後二時）ごろであったろう。

田島一之助にとって、江戸はなつかしい都会なのだ。

二

南日本橋の松屋町《まつやちよう》に、ろくに看板もあげていない小さな薬屋がある。

主人《あるじ》の名を、片山清助《かたやませいすけ》という。

家族のほかには、番頭一人、小僧一人きりの店だが、江戸で名医とよばれるほどの医者で、片山清助の名を知らぬものはない。

著名な薬種問屋にもないような薬をあつかっているからであろう。

小さくとも、店構えには格調があり、外から見たところは、このあたりに多く住む能楽師《のうがくし》や絵師の住宅と、ほとんど変りがない。

夏になると表の戸を開け放ち、白無地に八重梅《やえうめ》の漆紋《うるしもん》をつけた暖簾《のれん》が掛けられる。

その他の季節には、表の格子戸が閉ざされていることが多い。

あるじの片山清助が、江戸へ出て、この地へ店を構えてから、まだ十年になっていまい。それでいて、清助の名が江戸の医者たちの間に知れわたっているのは、むろんのことに、よい薬がそろっており、異国わたりの高貴薬《こうきやく》もあるからだろう。

そのほかにも理由がある。

京都の高倉《たかくら》二条上ルところに〔啓養堂《けいようどう》・片山治兵衛《じへえ》〕という有名な薬種屋があり、五代も六代もつづいた店なのだが、その主人の治兵衛の弟が、ほかならぬ片山清助であった。

啓養堂・片山治兵衛は御所（皇居）への出入りもゆるされているほどゆえ、その名は江戸にまできこえている。

こうした兄の引き立てもあって、片山清助の商いは、何も自《おの》れの店へ客を迎えなくとも成り立つのである。

将軍をはじめ、諸大名の侍医たちとの交際だけで、片山清助の商いは成立してしまう。

清助は、まだ五十をこえたばかりであった。

ところで……。

片山清助と藤枝梅安との交誼《こうぎ》は、京都以来のものだ。

というのは、清助の兄の片山治兵衛と、梅安の亡師・津山悦堂とが、まことに親しい間柄だったからで、

「悦堂先生のおかげをもって、私は死なずにすんだのじゃ」

と、片山治兵衛は口ぐせのようにいっていた。

治兵衛の肝ノ臓の難病を、津山悦堂が鍼《はり》をつかって、三年がかりで癒《なお》してやったことを治兵衛は決して忘れなかった。

当時は、片山清助も兄の手許にいたし、藤枝梅安も津山悦堂に仕えていたのだから、二人が顔見知りとなり、呼吸もあって親しさを増したこともうなずけよう。

藤枝梅安は師の津山悦堂が亡くなったのち、鍼医として独立をしたが、しばらくして、近くに住む浪人者の妻と情を通じてしまい、それが梅安をして、おもいもかけぬ仕掛人の泥沼へ追い込むきっかけとなった。

事情は〔殺しの四人〕の一篇にのべておいたが、梅安を誘惑した浪人の妻は、情事が夫に知れると、

「私を、むりやりに犯したのは、藤枝梅安です」

と、夫に告げた。

このため梅安は、浪人の木刀でさんざんに殴りつけられたが、二本の木刀が折れてしまったほどで、

「その古傷《ふるきず》は、いまも、冬になるとしくしく痛む」

と、梅安が彦次郎へ洩《も》らしたこともあった。

若い梅安は、女の嘘《うそ》と裏切りをゆるしてはおけなかった。

そして、ついに女を殺し、京都を出奔《しゅっぽん》したのである。

この事件は、片山清助の耳へも入っていた。

清助と梅安が再会をしたのは、三年前の夏で、愛宕《あたご》山の茶店で、ばったりと出合った。

清助は何事もなかったように、

「久しぶりですなあ」

と、いった。

浪人の妻殺しについては一言もふれず、梅安が品川台町で鍼医をしていると聞くや、

「それは何より、それは何より」

満面を笑《え》みくずし、よろこんでくれた。

梅安も、あの事件にはふれようとはせず、それでいて二人の胸と胸は通じ合ったといえよう。

しかし、いかに片山清助といえども、仕掛人としての藤枝梅安については、何も知らぬ。

年に何度か、梅安は清助を訪ね、清助も品川台町へ顔を見せる。

このところ、梅安と清助は半年余も顔を合わせていなかったが、この日、久しぶりに片山清助を訪れた藤枝梅安は一刻（二時間）ほど語り合って、

「近いうちに、また、寄せてもらいますよ」

清助宅を辞去した。

外へ出てから、ゆっくりと歩みつつ、梅安は袂《たもと》から絹の頭巾を出して面《おもて》を包んだ。

これを、田島一之助が見たのである。

片山清助宅は楓川《かえでがわ》に沿った道にある。

そのとき田島は、楓川をへだてた本材木町《ほんざいもくちょう》七丁目の道を歩んでいた。

笠の内から、何気なく対岸の道へ目をやったとき、藤枝梅安が片山宅からあらわれた。

(あっ……)

田島は、くるりと背を向け、通行の人びとの後ろに隠れた。

どうして、そうしたのか、自分でもわからぬ。

偽の住所を宿帳にしたためた梅安を知ってしまったからか……。

(まさに、戸波先生だ)

頭巾をかぶり、対岸の道を歩んで行く梅安の後姿を見て、田島は、川をへだてて後を尾《つ》けるかたちとなった。

この日の梅安は、黄八丈《きはちじょう》の着物に紋つきの黒の羽織。短刀を前にたばさむという……いかにも医者らしい姿であった。

田島一之助は、今朝、田町の宿屋の者にたのんで買ってきてもらった古着の着物に袴をつけている。古着といっても折目正しく、上等の品だ。

藤枝梅安は楓川に架《か》かる弾正橋《だんじょうばし》をわたったところで、竹河岸の方から来た町駕籠を拾い、

「品川台町へやってくれ」

と、いいつけた。

これが、後を尾ける田島一之助にさいわいしたといえよう。

歩いている梅安を尾行したなら、気づかれてしまい、姿を見失う結果となったであろう。

駕籠の尾行ならば大丈夫だ。

駕籠舁《か》きは前方にのみ気をとられているし、駕籠の中の梅安は外へ目を向けることもないのだ。

(どうも妙な……?)

声をかけて、礼をのべたい気持ちに変りはないが、

(そのようなことをしては、かえって、戸波先生の御迷惑になるやも知れぬ)

田島一之助も、何人もの人を殺害してきた犯罪者だけに、こうした勘のはたらきはするどい。

(ともかくも、戸波先生の居所をたしかめておいて、後日、あらためて、お目にかかれる方法を考えよう)

田島は、そうおもった。

早くも、引鶴《ひきづる》の群れが空をわたっていた。

去年の秋の暮にわたって来た鶴は、春の足音と共に寒い北国へ飛び帰って行くのである。

藤枝梅安を乗せて先を急ぐ町駕籠の後から、尾行をつづける田島一之助の躰《からだ》が汗ばんできた。

三

梅安は、雉子《きじ》の宮《みや》の社《やしろ》の前で駕籠から下りた。

丘の上の社殿を仰ぐかたちに建っている鳥居の前の小川をへだてた南側に、こんもりとした木立があり、その中に藤枝梅安の住居がある。

梅安が雉子の宮の境内へ入って行きかけたとき、坂道をのぼって来た女房が、ていねいに挨拶《あいさつ》をした。

田島一之助は、これを木蔭から見ていたが、女房が近づいて来ると、

「あ、もし……」

にっこりと笑いかけて、

「いまの、あのお人は、たしか、お医者様だったね？」

「はい。藤枝梅安先生でございますよ」

「そうだった、そうだった」

「御存知なので？」

「いつぞや、病気を癒していただいたことがある」

「まあ、さようで……」

「お住居は、たしか、向うの……」

「はい。雉子の宮さまの鳥居の前の、小さな川をわたったところでござんす」

「そうだった、そうだった」

田島は笠をかぶったまま、女房へ頭を下げ、雉子の宮の境内へ入って行った。

女房は、田島へ何の疑念も抱くことなく、少し先の下駄屋へ入って行った。

梅安の鍼治療によって、すっかり健康を取りもどした下駄屋の金蔵《きんぞう》の女房おだいである。

さて……。

田島一之助は、ついに、藤枝梅安の住居をつきとめたわけだが、訪問を避けた。

近辺で様子を探ると、まさに、戸波高栄という名前は偽わりで、藤枝梅安という鍼医者だそうな。

(藤枝……すると、あの東海道の藤枝と何やら関《かか》わり合いがあるのか？)

そうおもった途端に、

「あっ……」

田島は低く叫び、凝然《ぎょうぜん》となった。

(ま、まさかに……？)

自分と北山彦七が、白子屋菊右衛門から、

「きっと、失敗《しくじり》をせずに始末をしつけてもらいたい」

と、命じられた相手こそ、藤枝梅安その人ではなかったか。

菊右衛門は、

「何事も、江戸の山城屋が心得ている」

と、いい、梅安の居所を二人には洩らしていなかった。

けれども、こうなっては戸波高栄が藤枝梅安ではないという、たしかな証拠は一つもないのである。

(やはり、そうか……いや、そうにちがいない)

田町三丁目の宿屋・上総屋へもどり、夕餉《ゆうげ》の膳に向ったが、酒も肴《さかな》も味がしなかった。

夕餉がすむと、上総屋の女中が薬湯を持ってあらわれた。

これは梅安の処方による薬を煎じたもので、藤枝の越前屋の女中おたよが、

「しばらくは、戸波先生のおいいつけをまもり、この薬をおつづけなさいましよ」

たっぷりと、田島へ持たしてくれたのである。

苦いようで甘い、その薬湯の味に、いまの田島はすっかり慣れてしまい、服用を忘れぬ。

東海道を下る途中も、旅籠の女中にいいつけ、かならず服用してきた。

熱い薬湯を、一口すすった田島一之助へ女中が、

「あの、番頭さんが、明日はお発ちかどうか、うかがって来るようにと申しておりますが……」

「あ……」

と、夢からさめたように、田島が閉じていた眼をひらき、

「明日か……」

「はい？」

「そうだな……」

田島の眼が据《す》わった。

「あの、明日になってからでも、よろしゅうございますが……」

「いや、明日も泊る」

「お泊りに？」

「泊る。そうだな……明日と明後日まで泊ると、つたえておいてもらいたい」

「かしこまりました」

女中が去った後、田島は長い時間をかけ、薬湯を茶わんで二杯も服用した。

夜が更けて、寝床へ身を構たえたが、なかなかに眠れぬ。


その翌朝。

下駄屋の金蔵の女房おだいが、藤枝梅安宅へやって来た。

梅安の日和下駄《ひよりげた》の歯入れが出来たので、とどけに来たのである。

五人ほどの患者が、となりの一間に待ってい、梅安は居間（兼）治療の間で、鍼の治療をはじめていた。

「先生。履物の歯入れができました」

「そこへ、置いておくがよい」

「はい」

おだいが梅安の傍へ来て、

「昨日、お客さんが見えたでしょう？」

「客なら、毎日このとおりだ」

「いえ、そうではなく、若いお侍さんの……」

「侍……？」

「ええ、昨日、ほれ、雉子の宮さまの前でお目にかかりましたね」

「ああ……」

「そのあとで、笠をかぶっていた……」

「笠をかぶったお侍さんによびとめられたんです」

「そうなんですよ」

うつぶせになっている百姓の老爺《ろうや》の腰へ、鍼を入れようとした梅安の手がとまって、

「さあ、そのような侍は見えなかったが……」

「いいえ、たしかに先生のことを知っていましたよ。前に、病気を癒していただいたことがあるそうで……」

「ふうむ……」

梅安は平然として、

「よし、わかった。このごろ、金蔵のぐあいはどうだ？」

「おかげさまで、よく稼ぐようになりました。う、ふふ。酒をのまないのがくせになっちまいましてね」

「何よりだ」

「みんな、先生のおかげでございます」

梅安が、治療に取りかかった。

おだいは帰って行った。

(はて、何者だろう？)

わからぬ。

あるいは、別に怪しむべき者ではないのやも知れぬ。

若い侍の治療もしてきているし、通りがかりにおもい出して、下駄屋の女房に声をかけた

のやも知れぬ。

その侍が、どのような顔だちをしていたか、一応は尋ねてみたが、おだいは、

「笠をかぶっていたので、よくわかりませんでしたけれど、何だか、物やさしいお人でございましたよ」

と、こたえた。

他に患者もいたし、その上、くどく尋ねるのも妙なものであった。

おだいは、梅安の胸の底にゆれうごいているものに全く気づかぬ。

(もう一度、おだいに尋ねてみようか?)

しかし、同じことであろう。

もしも、あのとき、田島一之助が笠をかぶっていなかったなら、まるで少年のような顔と、縮《ちぢ》れた総髪《そうがみ》を後ろへ垂らしている田島の風貌《ふうぼう》が、下駄屋の女房へ強い印象としてきざみ込まれていたに相違ない。

夕餉の膳の仕度をして、おせき婆が帰った後で、藤枝梅安は独りきりで盃を重ねた。

日が落ちると、やはり冷え込む。

季節の変り目には、梅安の患者が増えた。

翌日の昼すぎになって……。

「ごめんなさいよ」

彦次郎が台所から入って来て、声をかけた。

藤枝梅安は午前中に、手早く患者の治療をすませ、昼餉もせずに外出《そとで》の仕度にかかっていた。

「ほれ、彦さんよ。お前さんが来たので、先生が外へ出ずにすんだ」

と、おせき婆。

「そうかい。そりゃあ、ちょうどよかった」

「ちょっと買物に行くから、後をたのむよ、彦さん」

「いいとも」

おせきが台所から出て行くのを見すまし、彦次郎が梅安の部屋へ入って来た。

いま、彦次郎と小杉十五郎は、梅安の家の近くの百姓家にはいなかった。別の場所で暮している。

「梅安さん。何か急なことでも？」

「さほどのことでもないのだがね」

「こっちにも、知らせがあってねえ」

「ほう……」

「白子屋菊右衛門が、どうやら江戸へ乗り込んで来たようですぜ」

「白子屋が……そうか……」

「何か、こころあたりが?」

「いや、そうではないが……」

今日もまた、引鶴が空をわたっている。

何処かで、鶯《うぐいす》が鳴いた。

殺気

「それにしても音羽の元締《もとじめ》。よくまあ、白子屋菊右衛門が江戸へ出て来ることまで、おわかりなすったものだ」

「彦さん。元来《がんらい》、白子屋という男は、そうした男なのだよ」

「ほう……」

「あいつはね、一時《いっとき》も凝《じっ》としていられない性分《しょうぶん》なのさ。何事も自分でしなけりゃあ、おさまらないのだろうね。そもそも、白子屋が大坂から江戸へ縄張《なわば》りをひろげに来たときもそうだった。大坂と江戸とを行ったり来たり、一年のうちに五度も六度も往復をしたこともあったそうな」

「おどろいたやつですねえ」

「白子屋の精力というものはお前さん、はかり知れないのだよ」

「まったくだ」

「ましてや、おのれが江戸へ囲っておいた女が勾引《かどわか》されたとあっては、捨てておけないのがあいつの性分だ。なればこそ、わしは、あの女を勾引したのさ」

「白子屋は、よほど、その女に惚れこんでいるらしい。ねえ元締」

「わからないねえ、彦さんは……」

「え……？」

「そうではないのだよ」

「では、どうなので？」

「白子屋の女と知って、何者かが勾引したということになれば、女よりも、自分に手向う相手を屹《きっ》と見とどけて、始末をしなくては落ちつけないのだよ」

「へえ……そういうところは気が小《ちい》せえ」

「そうとも、わしもそうだよ彦さん。人という生きものは、みんな、そうなのだ。肝《きも》のふといところと小さいところがある。強いところと弱いところがある。気が短かいところと長いところがある。こいつは彦さん。太閤さん（秀吉）でも東照宮さま（家康）でも、きっとそうだったのではないかねえ」

「へへえ……」

「白子屋は、いま、何としても自分に刃向う相手をつきとめたいにちがいない。だから、江戸の山城屋伊八にはまかせておけなくなり、江戸へやって来たのさ」

「まさか、音羽の元締が、てめえの女を勾引したとはおもいますまいね」

「さあ、それはこれからのことだ。こっちは、白子屋が江戸へあらわれるのを待って、仕掛けようというのだからね」

「白子屋を仕掛けることは、元締の、……？」

「いや、ちがう。わしに、たのんで来た人がいる。それも一人や二人ではないよ」

「だれなので？」

「これ彦さん。そいつを尋《き》くのは仕掛人の定法《じょうほう》に外れることになりはしないかね。お前さんは白子屋への仕掛けを、たしかに引き受けなすったのだからね」

「ちげえねえ」

「それはさておき、藤枝梅安先生は、まだ、この仕掛けを手つだうといってはくれないのかね？」

「ええ、まあ……」

「そうか……」

「私《あっし》ひとりでは、心細いでしょうね、元締」

「そういうわけではないが……」

「いや、何といっても相手は大物だ。私も梅安さんに出てもらいたいのは山々のことですよ」

「仕損じはできない。小杉さんの耳にも入れていないのかえ？」

「それは、梅安さんが承知をしなさいませんよ」

「それはそうと彦さん。あの二人は、この間中《あいだじゅう》、何処へ行っていなすったのだろうね？」

「さあ、わからねえ。小杉さんに、そっと尋《き》いてみましたが……」

「ふむ、ふむ？」

「すまないが、梅安さんに口どめをされているからといって、しゃべりませんよ。へっ、水《みず》臭《くせ》えったらありゃぁしねえ」

「そこが、あの人たちのいいところさ」

「ところで元締。白子屋は江戸へ来て、山城屋へ入ってから一歩も外へ出ませんね」

「そうとも。うごくのは、これからだよ」

「女は、どうしています？」

「此処《ここ》の穴蔵《あなぐら》で、ふてくされているが、いやもう、なかなかに気の強い女さ」

「その女の顔を、一目、そっと見ておきたいのですがね」

「あ、そうだ。いいとも。さ、おいで、彦さん」

一

そこは、十坪ほどの地下蔵《ちかぐら》である。

小石川の音羽九丁目にあって、このあたりでは名の通った料理茶屋・吉田屋の地下に、これほど大きな地下蔵があろうとは、

「知る人ぞ知る……」

であった。

一隅《いちぐう》には、何やら知れぬが、木箱やら薦包《こもづつ》みの荷物が積み重ねられている。

別の一隅には、小部屋が一つ、設けられてあった。

この小部屋には錠《じょう》が掛かってい、中に押しこめられている女は部屋の中から出られないが、行きとどいたことに、部屋には便所もついているのだ。

女は、白子屋菊右衛門が江戸に囲っていた妾のお八重である。

お八重が、

「旦那が大坂にいなさる間の退屈しのぎに……」

と、白子屋にたのみ、下谷の坂本に小間物店をやっていたことは、すでにのべておいた。

誘拐された当日、女中のお崎を一足先に帰し、坂本の店の二階に住んでいる山城屋の番頭

の女房に、

「それじゃあ、後をたのみましたよ」

いい置いて、お八重は、外へ出た。

夕闇がただよっていたが、あたりは、まだ提灯《ちょうちん》がいらぬほどで、坂本の店から根岸の家へは、

「目と鼻の先……」

といってよい。

日が暮れれば人通りが絶える場所だけに、お八重は夜に入ってから家へ帰ることをしなかった。

寺院の角を曲がったとき、お八重は頸《くび》すじのあたりを強く打ち据えられ、たちまちに気を失ってしまい、後のことは、まったくわからぬ。

気がついたときは、町駕籠《まちかご》の中で、

(ああ畜生。何ということをするのだ)

気が強いお八重だが、目隠しをされ、猿ぐつわを噛まされた上、躰が駕籠内に縛りつけられているので、どうにもならない。

躰ごと、駕籠の外へ転び出ようとしたが、これもいけない。

お八重が必死に踠《もが》きはじめると、

った。


「や、気がついたようだぜ」

「よし」

二人の男の声がして、右側の駕籠の垂れがまくりあげられ、

「女め、しずかにしねえか」

何だか湿《しめ》った布のようなものを鼻にあてられ、また頸すじを打ち叩かれて気を失ってしま
った。


つぎに気づいたときは、吉田屋の地下蔵の小部屋の中においてであった。

むろんのことに、お八重は、そこが吉田屋の地下蔵だとは、おもってもみなかった。

(この私を勾引《かどわか》したからには、白子屋の元締に関わってのことにちがいない)

さすがに白子屋の妾だけあって、お八重の直感は適中していた。

お八重が地下蔵へ閉じこめられてから、約一ヵ月にもなる。

こうなると、この部屋が地下蔵であることもわかってきた。

明りとりと換気を兼ねた小窓が二つあって、一ヵ月の間に二度、お八重は部屋から引き出
され、地下蔵の土間で行水をつかうことをゆるされた。

そのときは、二人の男が大きな桶《おけ》に何杯も湯や水を汲《く》んできて、中年の女が、行水の世話
をする。

板囲いの中で行水をするのだが、囲いの外には男たちが見張っているので、到底、逃げる

ことはできぬ。

　お八重は、十九歳になる。

　当時の十九歳の女といえば、子供が二人いてもおかしくはないわけだが、それにしても、まだ若い身空《みそら》である。一ヵ月も得体《えたい》も知れぬ男たちに誘拐され、地下蔵に閉じこめられているのだから、若いお八重の不安と恐怖については、いうまでもあるまい。

だが、お八重は、そうした胸の内を決して面《おもて》にあらわさなかった。

「大したものだ」

と、さすがの音羽の半右衛門が舌を巻いて、

「わしも、この年齢《とし》になって、あんな女をはじめて見た」

そう洩らしたほどだ。

もっとも「見た……」といっても、半右衛門がお八重の前へ姿をあらわしたわけではない。

「ま、こっちへおいで。彦さんに、お八重を見ておいてもらいましょう」

こういって、半右衛門は彦次郎を奥の仏間へみちびいた。

仏間は四畳半で、むろんのことに立派な仏壇が正面に置き据えられてあった。

仏壇の下が、戸棚になっている。

戸棚には、錠《じょう》が掛けられてあった。

半右衛門は鍵を出して錠前を外しにかかった。

仏間には、線香の匂いがしみついてしまっていた。

彦次郎は、

(ははあ、あの戸棚の中が、地下蔵への降り口になっているのだな)

と、おもったが、ちがった。

戸棚の中は意外に広かったが、坐るわけにはまいらぬ。それでも、二人が身を横たえることができるのだから一坪ほどはあろう。

「ほれ、ごらん」

ならんで身を横たえた彦次郎に、半右衛門がささやき、床の一角をまさぐると、一寸四方ほどの穴が開いた。この穴には蓋《ふた》がかぶせてある。

穴は、地下蔵の、お八重がいる天井の一隅に開けてある。

彦次郎は、穴から、お八重を見下ろすことができた。

わずかに、お八重の横顔が斜め上から見える。

眉の濃い、きりっとした横顔であった。色は浅黒く、三つ四つは年上に見えたが、襟足《えりあし》などの肌の照りは、まぎれもなく十九歳のものだ。

お八重は、何やら縫い物をしている。

これは、地下蔵へ押し込められてから五日目に、

「退屈だから、何か縫い物でもさせておくれ」

と、半右衛門の配下の音五郎《おとごろう》へ言い出たので、

「何が縫いたいのだ？」

「雑巾でいいよ」

そこで、半右衛門の女房が襤褸布《ぼろきれ》を出してやると、倦《う》むこともなく毎日、雑巾を縫いつづけているのだそうな。

「おかげで当分、うちでは雑巾に不自由をしない。どうだえ、彦さん。少し持って行くか？」

音羽の半右衛門は、居間へもどってから、彦次郎へそういった。

「元締。あの女は、大層な代物《しろもの》だ。男だって、あんなに落ちついてはいられますまいよ」

「彦さん。そのとおりだ」

「逃がしてくれとか、此処は何処だとか、さわいだこともねえので？」

「ない。こっちもまだ、何も尋かないのだがね。もっとも、あの女には何も尋くこともないが……」

「ふうむ」

「あの女はね、きっと、白子屋菊右衛門が助け出しに来てくれると、おもい込んでいるのだよ」

二

彦次郎は、日暮れ前に、目黒の西光寺《さいこうじ》へもどって来た。

西光寺は、目黒の権之助坂《ごんのすけざか》を西へ下り、目黒川へ出る手前の小道を右へ切れ込んだところにあった。

本堂が藁屋根《わらやね》の小さな寺だ。

西光寺の和尚《おしょう》は、六十を一つ二つ越えているだろう。

三年ほど前に、大酒のみだった和尚が肝《かん》ノ臓《ぞう》を病《や》み、藤枝梅安の治療を一年もつづけて、病気が癒《なお》った。

和尚を梅安に引き合わせたのは、ほかならぬ品川台町の下駄屋・金蔵であった。

西光寺は、金蔵の菩提寺《ぼだいじ》だったのである。

「何しろ、下駄金《げたきん》のような檀家ばかりなので、梅安先生には治療代も払えぬ。申しわけもないことだ」

と、光念《こうねん》和尚が、

「そのかわり、これより先、梅安先生のおたのみなれば、いかなる事にても引き受けよう」

そういったものだ。

梅安は、こころよく、無料で光念和尚の治療を引き受けた。

何よりも梅安が気に入ったのは、治療を受けるようになってからの和尚が、梅安のいいつけをかたくまもり、あれほどに好きだった酒をぴたりと絶ったことだ。

酒ばかりではない。

肝ノ臓の機能が回復するために、梅安のきびしい指示を一つも違《たが》えずにまもりぬいた。なればこそ、老いた和尚が健康を取りもどしたのである。

このように模範的な患者に対して、藤枝梅安は、

（ありがたい）

真底から、そうおもう。

（金ずくで、人を殺《あや》めてきた自分のような男のいうことを、よく聞き入れてくれる）

この一事だけで、梅安は、おのれの生きている証《あかし》を、

（辛《かろ》うじて……）

得たおもいがするからだ。

西光寺は、和尚がいうとおりの貧乏寺であるが、和尚は小さな墓地の清掃を一日たりとも怠《おこた》らぬ。

これは、大酒をのんでいたころから少しも変らない。

いまの西光寺には、小坊主も下男もいない。何から何まで光念和尚がひとりでやる。

「この寺を、こんなありさまにしたのは、わしの所為《せい》じゃ」

と、和尚が梅安に洩らしたことがある。

「あの和尚は、何やら人にはいえぬ来歴《らいれき》があるにちがいない」

梅安は、彦次郎にそういったものだ。

「やはり、女かね？」

「彦さんは、すぐにそれだ」

「でも……」

「いや、そうかも知れぬな」

ところで、藤枝梅安は東海道で首尾よく小杉十五郎と会うことができて、江戸へもどったとき、

(どうも、妙なやつどもが家《うち》のまわりにあらわれるようだし、とりあえず小杉さんと彦さんだけは別の場所《ところ》へ移しておきたい)

と、考えた。

小杉十五郎の傷は軽快に向いつつあるけれども、全快するまでには、まだ少々は時間がかかる。

そこで梅安は、二人を西光寺へ移すことにした。

西光寺へ出向いて、梅安が和尚に、

「人をふたり、あずかってもらえませぬか？」

たのむや、和尚は事情も聞こうとはせず、即座に、

「よろしいとも。よう、いうて下された。これで藤枝先生に、いくらかでも恩返しができようというものじゃ」

非常に、よろこんでくれて、梅安を恐縮させた。

その日、彦次郎が西光寺へもどって来ると、本堂の裏の部屋で、小杉十五郎が独りで酒をのんでいた。

「和尚さんは？」

「檀家へ経をあげに行ったようだ。だれか、亡くなったらしい」

「それじゃあ、和尚さんのふところも少しは暖《あっ》たまりますね」

「あの和尚は、さようなことが念頭にないお人だ。えらいものだ」

「いかがです、足のほうは……？」

「もう大丈夫。そろそろ、外へ出たくなってきた」

「それにしてもおどろいたね。小杉さんが太股を斬られるなんて……」

「私が隙《すき》だらけだったのだ。あのときは、飯を食べようとしていて、な……」

いいさした十五郎へ、

「何処《どこ》で？」

「え？」

「何処で、飯を？」

十五郎がにやりとして、

「茶店だよ、彦さん」

「だからさ、いってえ、何処の茶店なんで？」

「さて、なあ……」

「水臭いね、小杉さんも梅安さんも。どうして私に隠すのだろう」

「それは、彦さんに心配をかけまいとしたからだろうよ。これは、梅安どのと私だけのことで、すべて、私がいけなかったのだが……かまわぬよ、彦さんがどうしても聞きたいのなら、はなしてもいい」

「ほんとうなので？」

「いずれ、知れることだ」

彦次郎は白鳥《はくちょう》に入った冷酒を、十五郎の茶わんに注《つ》いだ。

「彦さんも、のむがいい」

「ええ、いただきましょう」

「白子屋菊右衛門は、仕掛人として自分に背《そむ》いた者を見逃しはせぬ。去年の暮ごろから、また、妙なやつが梅安さんの家のまわりをうろつきはじめている。これは彦さんも知っていることだ」

「ええ、もう……」

「梅安さんは、鍼医《はり》者だ」

「へえ……?」

「知ってのとおり、患者のことになると、夢中で治療をする。そうしたときの梅安どのは、仕掛針で人を殺《あや》めるときの梅安どのとは別の人間なのだ。わかるだろうね?」

「え、わかります」

「つまり、形容は異なるが、大磯の茶店で飯を食べていたときの私と同じなのだ」

「じゃあ、東海道をのぼっていなすったのだね」

「ゆえに、梅安どのとて、隙を衝《つ》かれるときは危い。たとえて申すなら、日中、患者を治療しているときの梅安どのを襲う者があれば、ひとたまりもない。白子屋は、日の光りの中でも平気で血の匂いを嗅《か》げる男ゆえな」

「ふうむ……」

「そこで私は、白子屋菊右衛門を斬って捨てるつもりで、東海道をのぼったのだ」

「そ、そうだったので……すると、大磯の茶店で、あなたへ斬ってかかったというやつは、白子屋の?」

「そこがわからぬ。見おぼえのない浪人だった」

「臭《くさ》いねえ」

「だが、ついに、梅安さんに見つけられてしまい、こうして江戸へ連れもどされたのだ」

いつの間にか夕闇が忍び寄ってきて、せまい部屋の中が水の底のようになったけれども、小杉十五郎と彦次郎は灯りをつけようともしなかった。

ややあって、彦次郎が、

「ねえ、小杉さん。こいつは梅安さんには内証ですがね」

「何のことだ？」

「実はね、音羽の半右衛門元締が、私に仕掛けをたのんできたので……」

「ほう……」

「仕掛ける相手は、だれだとおもいなさる？」

「わからぬ」

「ほかでもねえ、白子屋菊右衛門ですよ」

「えっ……」

「こうなったら、あなただけには聞いてもらいたいのだ。白子屋はね、小杉さん。江戸へ出て来ておりますぜ」

「ほ、ほんとうか？」

「ええもう、こうなったら何も彼も、小杉さんにぶちまけてしまいましょうよ」

たまりかねたようにいった彦次郎が、茶わんの冷酒を一気に呷《あお》った。

三

ちょうどそのころ、藤枝梅安は、目黒の西光寺の近くまで来ていた。

小杉十五郎の傷も軽快となったし、十五郎を駕籠に乗せ、彦次郎もさそって目黒不動門前の料理茶屋・伊勢虎《いせとら》へ行き、久しぶりで三人で、

(酌《く》みかわそう)

と、おもったのである。

患者の治療をすませ、品川台町の家を出た梅安は、松平家の広大な下屋敷の南側の畑道をぬけ、権之助坂へ出たのだが、

(おや……?)

ふと、勘がはたらいた。

というよりも、家を出たときから、何となく妙な気分だったのが、ここまで来て、

(だれかが、私を尾《つ》けている……)

と、感じたのである。

振り返って見た。

このあたりの大名の下屋敷にいる中間《ちゅうげん》や百姓姿の男女や、目黒不動の参詣の帰りに門前の茶屋で酒食をしてきたらしい人びとが、あたりに行き交かっているが、梅安を尾行して来たらしい者は見当らなかった。

だが、咄嗟《とっさ》に藤枝梅安は、

(今日は、よそう)

通りかかった町駕籠をよびとめ、

「浅草へ……」

いいかけたが、おもい直し、

「いや、品川台町へ行ってもらいたい」

と、いい直した。

そして、そのまま、梅安は自宅へもどったのである。

家へもどった梅安は、先ず、火を起して魚の干物を焼き、大根の漬物を出して冷酒をのみはじめた。

つぎに、おせき婆がこしらえた味噌汁を温《あたた》める。

寝床は、家を出るときに敷きのべておいたが、このごろの梅安は、その寝床では眠らぬ。

梅安のかわりに、人のかたちほどに丸めた蒲団を寝床に横たえ、自分は寝間のとなりの治療部屋（兼）居間の押入れの中で眠る。

押入れの板戸には、中から錠《じょう》をかける。

この押入れは、焼ける前の彦次郎の家の押入れの仕掛けからおもいついたものであった。

彦次郎の押入れは壁に仕掛けがしてあり、これを外すと壁が割れて、外へ飛び出せるようになっていたが、梅安のは壁でなくて床下へ脱けられるように仕掛けがしてある。

押入れの改造は、梅安と彦次郎が二人だけでやったものだ。

梅安は、鍋の熱い味噌汁へ生卵を二つ落し込んだ。

このとき、梅安宅の庭の向うの木立の中で、一剣《いっけん》・田島一之助が屈《かが》み込んでいる。

（おれが後を尾けていることに、梅安どのは気づいたらしい。さすがだなあ）

頭巾の中で、田島は苦笑を浮かべた。

目黒の権之助坂の上へ出た梅安は、あたりを見まわしてから、通りかかった駕籠をよびとめ、家へ引き返してしまった。

（目黒の何処へ行くつもりだったのだろう？）

尾行を勘づいても、それが田島だとは、梅安は知らぬはずだ。

（さて、おれも、そろそろ引きあげるか……）

田島一之助は、いまも、田町三丁目の宿屋・上総屋《かずさや》に滞在をしていた。

もはや、田島は梅安を暗殺する気が失せている。

さりとて、北山彦七と共に、白子屋菊右衛門から命じられた仕掛けの秘命も忘れ切るわけにはまいらぬ。

（ああ、困った……）

田島は田島なりに、苦悩していたのだ。

白子屋を裏切ることになれば、当然、田島も梅安同様に、白子屋の目を逃れることはできぬ。

（それにしても、どうして、このようなことになってしまったのだろう）

藤枝の宿場で、藤枝梅安に急病の手当を受けなかったら、

（いまごろ、おれは北山さんと共に、梅安どのを、つけねらっていたところだ）

このことであった。

田島一之助は、このところ、毎日のように、藤枝梅安の居宅の附近へあらわれる。

何故、自分がそうしているのか、いまは、田島にわかっていない。

今日も、家を出た梅安を目黒まで尾行したわけだが、梅安を斬る意志はまったくない。

では、どうして尾行をしたのか……。

（おれは、いったい、何をしているのだろう？）

江戸へ着いたのに、白子屋との連絡場所である山城屋へは一度も顔を見せていない田島一之助なのだ。

田島が帰途につき、梅安が押入れの中の寝床へ身を横たえたころ、神田・明神下《みょうじんした》の宿屋・山城屋の二階奥座敷で、あるじの山城屋伊八と白子屋菊右衛門が酒を酌みかわしている。

「お八重を勾引《かどわか》したやつめ、いったい、何処のやつなのだ」

さすがの菊右衛門も、あぐねきったかたちで、めずらしく嘆息を洩らした。

お八重が行方知れずとなってから、約一ヵ月がすぎたのに、勾引した相手からは何の通知もない。

お八重の身柄と引き替えに、

「金をよこせ」

ともいってこない。

それゆえにこそ白子屋菊右衛門は、ただの勾引しではないと看《み》ている。

(わしを、上方から、おびき出そうとしているのか?)

となれば、いよいよ油断はできぬが、いまのところは、どこから探りの手をつけてよいものやら見当がつかぬ。

「のう、伊八……」

「はい?」

「昨夜な、床へ入ってから、ひょいとおもいついたのやが……」

「何をで?」

「藤枝梅安のことや」

そういった菊右衛門の両眼が、にわかに青白い殺気をみなぎらせて、

「伊八よ。おもしろいのや」

「え……？」

「ちょいとな、おもしろい……」

「何がで？」

「これまでに、やってみたことがないことを、やってみようかとおもうてるのや」

「やってみたことがない……？」

「そうや。こうなったら、わしも江戸へ腰を落ちつけるつもりや。お八重のことはさておいて、そろそろ藤枝梅安殺しに取りかかろうかい」

「ようござんすとも。それでは元締、北山彦七先生に此処へ来てもらいましょうか？」

「いや、今度は北山はんの出る幕やない」

「と、申しますと？」

「ま、もっと、こちらへ寄るがええ。お前にもはたらいてもらわねばならぬ」

昨夜、何をおもいついたのか、白子屋菊右衛門は昂奮《こうふん》しはじめ、むしろ蒼《あお》ざめてきた。

鵜ノ森の伊三蔵

「これは白子屋の元締《もとじめ》。お久しぶりで……」

「伊三蔵《いさぞう》さんしばらくやったな」

「お変りもなく、何よりのことでござんす」

「待たせて、すまなんだのう」

「いえ、とんでもねえことで……元締は、いつ、江戸へ？」

「もう七日になるか……」

「へえ、さようで」

「この前、お前さんに、この山城屋へ来てもらって、仕掛けをたのんだのは……うむ、もう三年前のことになるかね」

「さようで。そうなります」

「相変らず、いい腕をしていなさるそうだね。山城屋伊八から聞きましたよ」

「おそれいります」

「ところで、伊三蔵さん……」

「仕掛けのことで?」

「そうなのだ。引き受けてもろたら、ありがたい」

「ようござんす」

「そうか、これで安心をしましたよ」

「で、相手は?」

「伊三蔵さんは、藤枝梅安という鍼医者を知っていなさるか?」

「鍼医者の、藤枝……」

「梅安というのだがね」

「さて、存じませんねえ」

「そうだろうとおもうた」

「そりゃまた、どうしたことなので?」

「藤枝梅安というやつ、表向きは鍼医者をしているが、裏へまわると強欲非道な奴でのう。こいつ、生かしておけば、世のため人のためにならぬ」

「なるほど」

「どうあっても、あの世へ行ってもらわぬと、諸人が大迷惑をするのじゃ」

「ふむ、ふむ」

「だがな、伊三蔵さん。この藤枝梅安というやつ、ちょと手強《てごわ》いやつで、油断も隙《すき》もない男なのや」

「なあに……」

「いや、そうでない。これはな、お前さんの仕掛けの腕がどうのというのやない。これまでに、わしは何度も失敗《しくじ》っているのや」

「へへえ……？」

「それでな、今度の仕掛けについては、この白子屋菊右衛門が考えたやり口《くち》で仕てのけてもらいたいのや。それよりほかに仕様がないのじゃ」

「ですが、元締……」

「やりにくいと、いいなさるか？」

「へえ。こいつばかりは、私のおもうままにさせていただかねえと……」

「うむ、うむ。むりもないことや」

「ま、ひとつ、おまかせ下さいまし」

「それよりも、先ず、わしが考えた仕掛けを聞いてくれぬか、どうじゃ？」

「ええ、そりゃまあ、聞かせていただくだけなら……」

「見くびりなさるなよ、伊三蔵さん。白子屋が考えぬいて決めたことや」

「へ、へえ……」

「このやり口ならば、きっと、お前さんの腑《ふ》に落ちるはずや」

「ふうむ……」

「ま、わしのいうとおりに仕掛けてくれるなら、仕掛料はずっと、弾《はず》むつもりや」

一

この夜、神田明神下の宿屋・山城屋の二階奥座敷で、白子屋菊右衛門と密談をかわしていたのは、伊三蔵という仕掛人であった。

白子屋菊右衛門が江戸へ勢力を伸ばしかけたとき、伊三蔵は何度か菊右衛門の仕掛けを引き受けている。

いまの伊三蔵は、四十を一つか二つ出てしまったし、若いころのように躰《からだ》はきかぬが、

「仕掛けの技なら、だれにも引けはとらねえ」

なみなみならぬ自信をもっている。

いつであったか彦次郎が、藤枝梅安に、

「梅安さんは、鵜《う》ノ森《もり》の伊三蔵という仕掛人を知っていなさるかえ？」

尋ねたことがある。

「いや、知らぬ。江戸の仕掛人かね？」

「ええ、そうなんだが……大層な男らしい」

「ほう……」

「仕掛けの引出しが無尽蔵《むじんぞう》だそうですよ」

「なるほど」

引出しというのは、方法のことだ。

仕掛ける相手によって、その方法がいくらでもあるということらしい。

「そのような男だったら、白子屋が飛びつくだろうね」

と、梅安はいったが、すでに伊三蔵は白子屋菊右衛門の仕掛けをいくつも、

「こなしていた……」

のである。

その伊三蔵が、この夜に、白子屋菊右衛門から、

「梅安を殺《や》ってくれ」

と、たのまれたとは、藤枝梅安も彦次郎も、おもいおよばなかった。

さて……。

藤枝梅安を仕掛ける引出しは、白子屋菊右衛門が開けた。

「このやり口ならば、きっと、お前さんの腑に落ちるはず」

と前置きをした菊右衛門が、仕掛けの方法を語り終えるや、

「ふむ、ふむ、ふむ……」

鵜ノ森の伊三蔵が鼻を鳴らして何度もうなずき、

「元締。こいつはおもしろい」

「そうか。そうおもうか？」

「おもいますよ。こいつはいい。その梅安とかいう鍼医者が、どんな大物か知れませんが……いえ、たとえ大物の相手でなくとも、こいつは、ちょいと、やってみたい気がいたしますねえ」

「よし。これで決まった」

「決まりましたねえ、元締」

「よかった、よかった」

「ですが元締。この仕掛けをうまく仕てのけるためには、少々、細工が要ります」

「いや、伊三蔵さん。それはな、お前さんの工夫や。みんな、まかせる」

「さようで」

にやりとして、伊三蔵が、

「元締。この仕掛けに失敗《しくじり》はございませんよ」

「ほかの仕掛人にはできぬことゆえ、わざわざ、お前さんに来てもろたのや」

「おそれいります」

間もなく、伊三蔵は帰って行った。

その後で、山城屋伊八が、菊右衛門の部屋へあらわれた。

「元締。伊三蔵さんは引き受けましたか？」

「うむ。万事のみこんで、わしがいうとおりに仕掛けるそうや」

「それは、何よりでございました。伊三蔵ならば大丈夫でございますよ」

「そうか、な……」

「私も元締から、あの仕掛けのやり口を聞いてびっくりいたしました。簡単なことのようでいて、なかなかに、その、おもいつくことではございません」

「うむ、うむ。これで伊三蔵が首尾よく梅安めを殺《や》ってくれるなら、北山彦七の出る幕はないということや」

「かと申して、元締がおもいつかれた仕掛けを北山先生にたのんでも、これはむりと申すもので」

「人それぞれに、持ち味がちごうているし、な」

「さようで……それにしても元締」

「何じゃ？」

「田島一之助さんは、いったい、どうしてしまったのでございましょうな？」

「ほうっておけ、ほうっておけ。あれは痴話喧嘩《ちわげんか》や」

「え……？」

「北山彦七との痴話喧嘩が昂《こう》じたのや」

「えっ……それではあの、北山先生と田島さんとは？」

「男と男の痴話狂《ぐる》いや」

「そりゃあ、すこしも存じませんで……」

「そやろ、そやろ」

「そういえば、江戸へ着いてからの北山先生が、どうも浮かぬ顔をしておいでなので……」

「北山彦七は両刀つかいやが、あれで、やはり田島一之助のことが忘れられぬと見える」

「いや、おどろきました」

「わしたちには、どうも納得がいかぬことやが、男と男が肌身を抱き合うのも、ええものらしい。うふ、ふふ……」

「気味が悪うございますな」

「うふ、ふふ……」

「で、元締。梅安の仕掛けは、いつなので？」

「それは万事、伊三蔵にまかせた」

「なるほど」

「だが、さして長い日にちはかかるまい。伊三蔵はな、わしのはなしを聞いて、すぐに思案が決まったようや」


そのころ。

小石川の音羽九丁目の吉田屋の奥座敷に、音羽の半右衛門と彦次郎、それに小杉十五郎が顔を寄せ合い、密談をかわしている。

「いつまでも、梅安先生が腰をあげるのを待っているわけにもゆくまい」

と、音羽の半右衛門が、

「彦さんと小杉さんが、この仕掛けを承知して下すったからには、大丈夫だとおもいますよ」

彦次郎は十五郎と顔を見合わせて、微《かす》かに笑った。

「いや、ほんとうのことだよ、彦さん」

と、半右衛門。

「そうですかねえ」

「そうだとも」

「ですが音羽の元締。白子屋菊右衛門を、いつ仕掛けなさるおつもりなので？」

「一つには……」

「一つには？」

「菊右衛門が、あまりに手がかりがつかめぬので業を煮やし、大坂へ引きあげる道中で襲うことさ。そのときの菊右衛門は何やら気が抜けていようからねえ」

「なるほど」

「いま一つには」

「……？」

「そのほかに、もう一つある」

「ふうむ……」

「どっちがいいか、お二人に決めてもらってもようござんす」

「そうですかえ」

「彦さん、小杉さん。実はね、わしはいま白子屋菊右衛門が滞在をしている明神下の山城屋へ、手の者をひとり入れてあるのですよ、三年前からね」

「さ、三年も前から……」

彦次郎と小杉十五郎が、目をみはった。

「女ですがね」

またしても二人は、顔を見合わせたのである。

「女……」

二

その翌々日の昼下りのことであったが……。

品川台町の坂を南へ下ったあたりの木立の中に、鵜ノ森の伊三蔵の姿を見ることができる。

この日の伊三蔵を、たとえば白子屋菊右衛門が見たとしても、すぐにはわからぬだろう。

どう見ても、このあたりの百姓としかおもえない。

菅笠をかぶり、筒袖の着物の裾を端折《はしょ》って股引《ももひき》に素足、草鞋《わらじ》ばきという風体《ふうてい》であった。

伊三蔵は、今朝から、このあたりを行ったり来たりしている。

藤枝梅安宅の様子を見にあらわれたのだ。

しかし、品川台町の通りへは一度しか出ていない。

うろついていて、町の人びとの目にとまるのを避けたのであろう。

雉子《きじ》の宮《みや》の境内へも入った。

あとは木立をえらび、梅安宅を遠くから見まもっていた。

梅安宅への患者の出入りを、ことさらに伊三蔵は注視していたようだ。

木立の中で、伊三蔵は腰を下ろし、煙管を口にくわえた。小型の火打石を出し、器用に火をつけ、さもうまそうに煙草のけむりを吐いた。

それから、ふところへ手を差し込み、折りたたんだ一枚の紙をひろげた。

紙には、何やら絵図面のようなものが描かれている。

これには、藤枝梅安宅の間取りが描かれていた。

一昨夜、白子屋菊右衛門が伊三蔵へわたしてよこしたものである。

菊右衛門は、山城屋伊八に命じて、梅安宅を探りつくしているわけだから、小さな家の間取りなどは、すでにわきまえていた。

伊三蔵は、およそ半刻（一時間）ほども間取り図に見入っていた。

見入っては顔をあげ、両眼を閉じる。そしてまた、図面に見入るということを繰り返したあげく、

「うむ……」

ひとり、うなずいて、木立から畑道へ出て行った。

伊三蔵は、目黒川に沿った道を品川の方へ去った。

日ざしは、日毎に明るみをたたえてきて、このあたりの梅も咲きそろった。

そのころ、藤枝梅安は遅い昼餉《ひるげ》をとっていた。

おせき婆に、細切の鶏と葱《ねぎ》の汁を、たっぷりとつくらせ、鶏のあぶらの浮いた汁を温飯へかけ、ひとつまみの擂《す》り生姜《しょうが》を落し、大きな茶わんに三杯も食べた。

今日は患者が多く、まだ三人ほど待たせてある。

梅安が、おせきに、

「婆さん。もう帰ってよいぞ」

「それじゃあ、夕方に、もう一度来ますからね」

おせき婆が出て行って間もなく、藤枝梅安は居間（兼）治療室へもどった。

(彦さんと小杉さんは、毎日、何処へ出歩いているのだろう？)

毎日といっても、一昨日と昨日なのだが、目黒の西光寺へ行ってみると、光念和尚が、

「二人そろって、昼すぎに出て行きましたが……」

と、いった。

小杉十五郎の傷は、まだ全快したわけではないし、迂闊《うかつ》に二人が出歩いては、

(危いことだ)

そうおもわざるを得ない。

白子屋菊右衛門が江戸へ乗り込んで来たというし、現に先日も、西光寺を訪れようとした梅安を尾行して来た者がいるのだ。

彦次郎と十五郎が、音羽の半右衛門から白子屋菊右衛門暗殺を引き受けていようとは、さ

すがの藤枝梅安も気づいてはいない。

患者の治療を終えてから、梅安は戸締りをして家を出た。

どうも、気がかりでならぬ。

彦次郎ひとりが出て歩くのならともかく、まだ歩行が自由でない小杉十五郎が二日もつづけて、

（しかも、彦さんといっしょに……）

外出《そとで》をしていることが不安であった。

家を出て行く梅安を、もし伊三蔵が見ていたら後を尾けたろう。

そうしたら、梅安が目黒の西光寺へ入るのをつきとめたにちがいない。

何故というなら、伊三蔵の尾行と田島一之助のそれとでは全くちがうからだ。

この日の田島は、田町三丁目の宿屋・上総屋から一歩も出ず、酒をのんでいた。

（いったい、おれは、どうしたらよいのか？）

白子屋菊右衛門と北山彦七と自分との関係をおもえば、一日も早く山城屋へ顔を出さねばならぬ。

だが、そうなれば、北山と共に藤枝梅安を襲わねばならないだろう。

これまでに、田島一之助が梅安宅を探って見たところによれば、

（北山さんとおれとが、いきなり押しかけて行って、梅安先生を斬るのは、わけもない

……）

ことのようにおもわれる。

それでも尚、いまだに白子屋菊右衛門は手を下していないのだ。なればこそ、さすがの菊右衛門も慎重にかまえているのか……。

（それとも、おれが顔を出すのを、待っているのか？）

そのようにも考えられる。

藤枝梅安は、あのように小さな、変哲《へんてつ》もない民家に一人で住み暮している。手つだいの老婆が通って来ているようだが、夜になれば梅安ひとりきりなのである。

それでいて、白子屋が手を下しかねているのは、

（梅安先生というお人は、よほどに恐るべきお人らしい……）

このことであった。

あまり頻繁《ひんぱん》に、梅安宅のまわりをうろうろしていては怪しまれるので、このところ三日ほど、田島一之助は品川台町へ姿をあらわさなかったが、こうして宿屋に引きこもっている間にも、不安は去らぬ。

（いまごろ、白子屋の殺しの手が梅安先生の身にせまっているのやも知れぬ）

そうおもうと、居ても立ってもいられなくなってくる。

三

この夜。

藤枝梅安は、目黒の西光寺から品川台町の自宅へ帰って来た。

一刻（二時間）ほど、小杉十五郎と彦次郎が帰るのを待っていたのだが、二人はなかなかに帰って来ない。

西光寺を出て行ったのは八ツ半（午後三時）ごろで、

「まだ、小杉さんは出歩かぬほうがよいのではないかな」

と、光念和尚が十五郎の太股の傷のことを心配していうと、

「なあに、大丈夫ですよ」

十五郎は笑ってこたえ、彦次郎が傍《かたわら》から、

「駕籠を拾って行きますから」

「何処まで、おいでなさる？」

「いえ、なに、ちょいと気ばらしにね」

彦次郎が左手の小指を立てて見せたので、和尚は苦笑した。

二人して、女を買いに行くのだとおもいこみ、

「昨日も気ばらしかね？」

「ええ、まあ、そんなところで……」

「いい気なものじゃ」

「和尚さんの酒と同じですよ」

「それをいわれると、返す言葉もない」

小杉十五郎と彦次郎が、まさかに三日つづけて女を買いに出たとはおもわれない。

だが、梅安から、

「当分は、外へ出ないようにしてもらいたい」

念を入れられ、この寺の中で何日も暮しているのは、

(たまったものではあるまい)

それは、梅安にもよくわかる。

(もしやすると、入れちがいになって、二人で品川台町へ来ているのやも知れぬ)

そこで梅安は、帰途についたわけだが、台町の家へもどって見ると、二人が来た様子はない。

戸締りはしてあったが、彦次郎ならば、これを開けて中へ入ることなど、わけもない。

梅安は帰りがけに、光念和尚へ、

「彦さんに、私のところへ来るようにつたえて下さい」

たのんでおいた。

西光寺からの帰途、梅安は尾行者の有無をたしかめつつ歩んだ。

尾行者はなかった。

(明日は、彦さんが来てくれるだろう)

茶わんで冷酒を二杯ほどのみ、藤枝梅安は居間の押入れの中の臥床《ふしど》へ入った。

板戸に、中から錠を掛けた。

床下から、風が入るようにしてあるので、寝苦しいことはない。

このところ、家のまわりをうろついている怪しい者の気配も絶えているが、油断はできぬ。

白子屋菊右衛門が江戸へ乗り込んで来たというのは、どういうことなのであろうか。

そのことを梅安に告げたのは彦次郎だ。

「彦さん。どうしてわかった？」

「いえね、梅安さん。むかしなじみの仕掛人で音松《おとまつ》というのに、白金《しろかね》の通りでばったりと出合ったら、音松がね、神田の明神さまの境内で白子屋を見たというのですよ」

と、彦次郎は嘘《うそ》をついた。

「その音松と白子屋とは、どんな関《かか》わり合いがあるのだね？」

「むかしね、白子屋の仕掛けをしたことがあるらしい」

「なるほど」

「ですがね、二度と白子屋の仕掛けはしたくねえと、そういっていましたよ」

「ふうむ……」

これまでの長いつきあいの間で、彦次郎の口から音松という仕掛人の名前が出たことは一度もなかった。

いまになって、何となく、それが気にかかる。

(どうも彦さんは、何か、私に隠していることがあるらしい)

押入れの中で、梅安は割り切れぬおもいにとらわれ、寝つけなかった。

(しかも、小杉さんと二人で、何をしているのだろう?)

白子屋が江戸へ出て来たことを、彦次郎は知っている。

そして、彦次郎は小杉十五郎と、西光寺で暮している。

となれば、彦次郎が十五郎にも、白子屋の出府《しゅっぷ》を告げたとしても、ふしぎはない。

小杉十五郎は梅安の許可をも得ず、単身で大坂へおもむき、白子屋菊右衛門を殺す決意をして江戸をはなれた男だ。

(まさかとは、おもうが……)

白子屋が江戸へ来たことを知って、十五郎は彦次郎とかたらい、またしても、

(白子屋を殺《や》るつもりになっているのではあるまいか?)

これは、目黒の西光寺からの帰り途に、藤枝梅安の脳裡《のうり》に浮かんだことで、いまも消えないばかりか、その疑念が深くなってくるのをどうしようもない。

それでいて梅安は、音羽の半右衛門が十五郎と彦次郎へ、白子屋の仕掛けを依頼したとは、おもってもみなかった。


翌日。

梅安は患者の治療をすませると、昼餉もとらずに飛び出し、目黒の西光寺へ向った。

「それが、二人とも昨夜は、帰ってまいらなんだ」

と、梅安を迎えた光念和尚が、

「何か、大事が起ったのでありましょうかな?」

「いや、別に……」

藤枝梅安の顔が、わずかに曇った。

「いったい、どこへ行ったのでしょうなあ?」

「ともかくも、待たせていただきましょう」

「そうなさるがよろしい」

そのころ、小杉十五郎と彦次郎は、おもいがけぬところにいた。

昨夜、二人を此処へ連れて来たのは、ほかならぬ音羽の半右衛門であった。

半右衛門は、二人と共に、この二階座敷へ泊り込んだ。

その場所は、神田明神下の同朋町《どうぼうちょう》であった。

つまり、白子屋菊右衛門の〔根城《ねじろ》〕ともいうべき山城屋伊八の隣りにある鰻屋《うなぎや》・深川屋《ふかがわや》利吉《りきち》の二階座敷に、三人して泊り込んだのである。

近年は、江戸市中に鰻屋が増えた。

鰻というものは、これを丸焼きにして、醬油《たまり》やら山椒味噌《さんしょみそ》やらをつけ、深川や本所あたりで辻売りにしていたものだ。

つまり、激しい労働にたずさわる人びとはよろこんで食べたにせよ、これが一つの料理として、しかるべき料理屋が出すような食べ物ではなかった。

それを、上方《かみがた》からつたわってきた調理法により、鰻を腹からひらき、食べやすく切ってから焼きあげるようになると、

「おもったより、旨《うま》い」

「それに何やら、精《せい》がつく」

というわけで、江戸でも鰻を好む人びとが増えた。

こうなると、江戸でもいろいろと工夫をするようになり、背びらきにしたのを蒸《む》しあげて強い脂《あぶら》をぬいてから、やわらかく焼きあげるというわけで、いまや、鰻料理が大流行となってきた。

明神下の深川屋も、その一つであろうが、

「この店は、三年前に、わしが出させたのだよ」

と、音羽の半右衛門が事もなげにいったので、

「えっ……」

彦次郎は瞠目《どうもく》した。

「すると、この店は？」

「わしの息がかかった店さ。亭主の利吉は、以前、わしの手許にいた男だ」

「ふうむ……」

おもわず、彦次郎は唸《うな》った。

「すると何ですか、元締は、わざわざ山城屋のとなりへ、この店を……」

「ま、そういうことになるだろうね」

半右衛門は、半眼となって盃を口へ運び、

「どうもねえ、彦さん。白子屋菊右衛門が、わざわざ上方から江戸へ手を伸ばしてきたときに、こいつは油断のならぬ男だとおもっていた。すると案の定、汚いことをやりはじめたものだから、どうも、目をはなせなくなってねえ」

ひとりごとのように、いう。

小杉十五郎が微《かす》かな笑いを浮かべて、

「すると、いま、山城屋へ女中として入り込ませてある女が内側から、この鰻屋は外側か

ら、山城屋伊八のうごきを見張っていたわけですな」

「まあ、そうなのですがね。山城屋もさる者で、なかなかに女中の耳へとどくようなまねはしません。ですが、小杉さん。今度は、ようやく、張りめぐらしておいた二つの糸が、はたらいてくれそうですよ」

剃刀

十畳ほどの立派な座敷に、大蠟燭《おおろうそく》を立てた燭台が二つ。

その二つの燭台の前に三人の男が坐っているが、火影《ほかげ》を背にしているので、顔はさだかにわからぬ。

三人とも、何処《どこ》ぞの大店《おおだな》の主人のようにも見えるし、それでいて、この三人に武家の姿をさせたなら、しかるべき大名家に仕えている、重い役目の人びとにも見えよう。顔はよく見えなくとも、それほどの貫禄と品格をそなえているのがよくわかった。

三人の前に、まるで少年《こども》のように小柄な男が坐っていた。

老人である。白髪頭《しらがあたま》であった。

これは、ほかならぬ音羽の半右衛門だ。

四人の前に酒肴《しゅこう》の膳もなく、茶菓も出ていない。

「それで、音羽の元締《もとじめ》さん。いつごろまでに片がつくのだろうかね？」

三人のうちのひとりが、尋ねた。物やわらかな声だが重味がある。

「そろそろと、おもっております」

こたえた半右衛門の声も、いつになく重々《おもおも》しい。

「ふむ……」

うなずいて、その人は他の二人と顔を見合わせたが、

「お前さんにおまかせしたことゆえ、先ず大丈夫とおもうてはいるが……ともかくも、あの白子屋菊右衛門がこの世に生きてあるかぎり、たとえ一日伸びれば一日だけ、諸方に災《わざわ》いがおよぶことになる」

「はい」

「白子屋は、お前さんも知ってのように、さまざまな手段《てだて》をつくし、諸方の権力《ちから》へ喰い込み、ことに上方《かみがた》では、町奉行所も白子屋の悪行《あくぎょう》を見て見ぬふりをしているそうな」

「いかさま……」

「この前も申したように、このたび、お前さんにたのんだことは、ここにいる私たち三人のみのたのみではない。わかっていなさるでしょうね？」

「わかっておりますでございます」

「お上《かみ》の……」

いいさして、一瞬は口を噤《つぐ》んだが、

「お上の、さる筋から、ぜひにもといわれているのですよ」

「はい」

「このごろの白子屋菊右衛門は、天を恐れぬ所業《ふるまい》が多い。このため、まったく関《かか》わり合いのない人びとまで難儀をし、命を落しているそうな」

「はい、はい」

「それで、あの白子屋は……？」

「ようやくに、江戸へおびき寄せましたのでございますから、逃《のが》しはいたしません。大坂や京にいるときの白子屋は、なかなかに手が出せませぬが……江戸へまいりますと、そうもまいりませぬし、こちらはこちらで三年ほど前から、今日《こんにち》のことを考えて手だてをつくしております」

「では、あの……？」

「その手だても一つではございません。三つ四つも考えておりましたが、ようやくに私の肚《はら》も決まりましてございます」

「そうか……」

三人は、顔を見合わせ、うなずき合った。

「音羽の元締。それで安心をしましたよ」

別の一人が、膝をすすめて、

「上《うえ》のほうの方々《かたがた》も案じておいでなさるので、こうして今夜、来てもらいました」

「恐れ入りますでございます」

「元締。失敗《しくじり》はないでしょうね？」

「大丈夫でございます。おまかせ下さいまし」

一

その日。

藤枝梅安は、朝から患者の治療に忙殺されていた。

新しい患者も二人ほど来たし、

(ともかくも、明日は治療を休まねばならぬ)

そうおもっているだけに、それなりの治療をしておかねばならぬ。

「二日ほど、治療を休むことになるやも知れぬよ」

患者のひとりひとりに、梅安はことわっていた。

昨日、梅安は、目黒の西光寺へおもむいたが、彦次郎と小杉十五郎は、夜更けても帰って来なかった。

梅安が帰宅した後も、寺へもどらなかったにちがいない。

西光寺の和尚も、

「何処へ行ったものか、さっぱりとわかりませぬなあ」

と、いう。

この和尚が、嘘をつくはずもない。

昨夜も、

(朝まで、待ってみようか……)

いったんは、そうおもったが、

(もしやして、私の留守に、二人が台町《だいまち》の家へ来ているのでは?)

この前のときと同じようなことを考えて、帰宅したのだったが、やはり、二人がやって来た形跡はなかった。

これが、彦次郎ひとりの行方が知れぬというのなら、梅安も、さして不安にはならなかったろう。

ただ、太股《ふともも》の傷の癒《なお》り切っていない小杉十五郎が、彦次郎と行を共にしているらしいことが気にかかる。

白子屋菊右衛門が江戸へあらわれたことを、藤枝梅安に告げたのは、ほかならぬ彦次郎であった。

そして、小杉十五郎は、大坂まで出かけて行って菊右衛門を斬ろうとしていたのである。

近年の菊右衛門の悪行については、梅安もよくわきまえている。

(むかしの元締は、あのようなまねをしなかったものだが……)

裏切った自分を、白子屋菊右衛門が執念ぶかく追いつめてくることも、梅安にはわかっている。

このごろは、怪しい男が品川台町の自宅附近をうろつく様子もないようだけれども、油断はできない。

(白子屋が死んだところで、かまうものではない……)

のだが、むかし、白子屋から非常な世話を受けてきているだけに、

(私の手で、殺すわけにはゆかぬ)

このことであった。

白子屋を殺すため、東海道を上って行った小杉十五郎を追いかけたのも、それが一つの原因でもあった。

もっとも、あのときは、むしろ十五郎の身を案じてのことだったといえよう。

(ともかくも、明日、明神下の山城屋の様子を探ってみよう)

梅安は今朝、目ざめたときに、決心をした。

ことによれば、自分ひとりで白子屋菊右衛門に会ってもよいのだ。

むろんのことに、白昼、単身で乗り込むことは危険である。しかし、大坂や京都にいるときの白子屋とちがって、江戸の山城屋では、入念な警戒もしていないらしい。

(長いつきあいだったのだから、よくよく、はなし合えば白子屋もわかってくれるのではあるまいか……)

そんな気も、せぬではない。

額に薄汗《うすあせ》を滲《にじ》ませ、藤枝梅安は、つぎからつぎへと治療をつづけた。

そのとき……。

一剣・田島一之助は雉子《きじ》の宮《みや》の社《やしろ》の境内にいた。

雉子の宮については、

「このあたりは北品川領、大崎という。慶長のころ、将軍家御放鷹《ごほうよう》の折、この社《やしろ》へ雉子一羽飛び入りたり。そのとき神名《しんめい》を問《と》わせられしに、このあたりの百姓たち、山神《やまのかみ》の祠《ほこら》なるよし申しあげければ、以後は雉子の宮と唱《とな》え申すべきむね、上意ありてより、かく号《なづ》くるという」

と、ものの本に記されている。

別当は宝塔寺《ほうとうじ》といい、鳥居の右手に本堂がある。

鳥居の正面に高い石段があり、その上に雉子の宮の本社がある。

現在の国電・五反田駅の北東三百メートルのあたりに、この社は残されているが、当時の境内は五倍も十倍もあり、鬱蒼《うっそう》とした木立に包まれていた。

田島一之助は、崖の上の木蔭から、藤枝梅安宅の方を見下ろして、今日もあぐねきっている。

梅安を訪ねて、あのときの礼をのべたいのは山々であったが、そうなると梅安は怪しむにきまっている。

(何故、この家に私が住んでいることを知っているのか?)

である。

梅安は、藤枝宿の旅籠《はたご》・越前屋にも、また田島一之助にも、

「戸波高栄」

の仮名《かめい》しか名乗っていない。

それなのに、田島が梅安宅を訪れれば、怪しむのが当然だ。

一方では、白子屋菊右衛門が刺客の北山彦七らと合流し、江戸の山城屋に来ているはずで、田島の目には、彼らの目的が藤枝梅安暗殺のためとしか映らない。

田島は、白子屋の若い妾が誘拐されたことなど全く知らぬ。

(さて、どうしたらよいか。いっそのこと、何も彼も忘れて、大坂へ引き返してしまおうか……)

ほんらいなら、田島も北山彦七と共に、梅安の暗殺を命じられて江戸へ来たのだ。

その梅安が、自分の命の恩人ということになってしまったのだから、

(ああ、何と皮肉なことだ)

田島一之助が慨嘆《がいたん》するのも、むりはなかった。

そのとき田島は、見るともなしに、眼下の鳥居のあたりへ目をやっていた。

そのとき、品川台町の通りから、雉子の宮の境内へ、中年の男がひとり、入って来た。

それを見下ろしているうちに、田島一之助が、

(はて……？)

くびをかしげた。

その町人姿の男が、鵜《う》ノ森《もり》の伊三蔵だとは知るよしもない田島一之助であったが、不審におもったのは、通りから境内へ入って来て、鳥居の前で、あたりの様子をうかがった姿に、

(こやつ、徒者《ただもの》でない……)

と、感じたからだ。

そこは田島も、暗殺の修羅場《しゅらば》を何度もくぐりぬけてきただけに、つぎに伊三蔵がぱっと松の木蔭へ身を隠したのを見て、

(いよいよ、怪しい)

おもわず、身を乗り出した。

すぐに、木蔭から伊三蔵があらわれたのを見て、田島は瞠目《どうもく》した。

伊三蔵は竹の杖をついて、左脚を引きずるようにして歩み出したからである。

通りから境内へ入って来たときの伊三蔵は足腰もしっかりとして、杖など手にしていなかったようだ。

それが、木蔭から出て来たときは竹の杖を持ち、いかにも足腰が悪そうに、歩きはじめたではないか……。

しかも、伊三蔵は藤枝梅安宅の方へ向って歩いて行く。

瞬間、田島一之助は、

(あっ……)

と、おもった。

筆舌にはつくしがたい直感が、田島の五体を鋭くつらぬいた。

(あの男は、もしや……?)

田島は、雉子の宮の高くて急な石段を走り下って行った。

二

ときに八ツ(午後二時)ごろであったろう。

藤枝梅安は、最後の患者の治療を終えたところであった。

このあとで遅い昼餉《ひるげ》をしたため、今日も目黒の西光寺へ出向くつもりでいる。

そして、十五郎と彦次郎がもどらぬとあれば、西光寺へ泊りこみ、翌朝も帰らぬときは、いよいよ、明神下の山城屋を探りに出る決意をかためていた。

最後の患者に、梅安が、

「よいか、明日から二日ほど留守にするぞ」

「はい、はい」

「大分によくなったな。もう心配はいらぬよ」

「ありがとう存じます。よくなるのが自分でも、はっきりとわかりますので」

「そうだろう、そうだろう」

「では、これで、ごめん下さいまし」

「お大事に、な」

その患者と入れちがいに、新しい患者があらわれたことを、手つだいの老婆のおせきが告げた。

「何でも、先生の評判を聞いて来たらしい。こっちの腰と脚が、ひどく痛むのだとよう」

「そうか。よし、通しなさい」

「お昼を食べてからにしなすったらどうだね？」

「いいから通しなさい」

「あい、あい」

おせきに案内されて、その男が入って来た。

いかにも物堅《ものがた》そうな町人である。

これが鵜ノ森の伊三蔵だとは、さすがの藤枝梅安も気づかぬ。

「お初に、お目にかかりますでございます。私は高輪南《たかなわみなみ》町《ちょう》で小間物屋をしております伊兵衛《いへえ》と申す者でございます」

「さようか。左の腰と脚が痛むとか……？」

「はい、はい」

「では、其処へ、うつぶせになって下さい」

と、梅安が目の前に敷きのべてある蒲団を指し示した。

「はい。では、よろしくお願いいたしますでございます」

と、鵜ノ森の伊三蔵は、あくまでも〔小間物屋伊兵衛〕になりきってしまっている。

梅安もまた、いまは、治療に熱心な鍼《はり》医者そのものであった。

伊三蔵は、ゆっくりと着物をぬぎ、肌襦袢《はだじゅばん》一枚となって、うつぶせに寝た。

その上から梅安が治療用の薄い掛蒲団をかけてやり、

「どこが痛む？……ここかね？」

「はい」

「ふうむ……さしたることはないようだが……」

「痛くて痛くて、ろくに夜も眠れませんので……」

「ここは、どうだね？」

「痛っ……そこ、そこなんでございます」

「ふうむ。大酒をのむね。ちがうか？」

梅安に指摘され、

（なるほど。よく診《み》たてるものだ）

伊三蔵は、妙なところで感心をした。

長年にわたって、医者にもかからずにいたのだから、悪いところの二つや三つはあるとおもっていたが、

「伊兵衛さんとやら、酒を絶ちなさい。絶たぬと二年ほどであの世へ行くことになる」

梅安に、きっぱりといわれたときには、ぞっとした。

藤枝梅安は、鍼を打つ前の診察を熱心につづけている。

「ここはどうだ？」

とか、

「ここは痛むだろう？」

とか、問いかけながら、伊三蔵の頸《くび》すじ、肩、背部、腰を指で押したり、まさぐったりしている。

鍼医者に立ち返り、診察・治療にあたっているときの藤枝梅安は一切の雑念を忘れて仕事に打ち込む。それを白子屋菊右衛門は、よくよくわきまえていたに相違ない。なればこそ、菊右衛門は伊三蔵に、この秘策をあたえたのであろう。

(いまだ!!)

と、伊三蔵は直感した。

どのようにして隠し持っていたものか、うつぶせになったままの伊三蔵の右手には鋭利な刃物がつかまれていた。

細くて小さな刃物である。

一見、剃刀《かみそり》のように見える……いや、形態は剃刀そのものといってよいが、これは鵜ノ森の伊三蔵が〔仕掛人〕としての体験から生み出した得物《えもの》であった。

部屋の中の空気が、激しく揺れうごいた。

屈《かが》み込み、伊三蔵の背中を手指でさぐっている藤枝梅安の大きな躰《からだ》の下で、伊三蔵の細身の躰がくるりと反転した。

その瞬間に庭に面した治療室の障子が、外からがらりと引き開けられたのである。

当然、梅安は上体を起し、顔をそちらへ振り向けた。

もし、その動作がなかったら、反転した伊三蔵が仰向けになったまま揮《ふる》った刃物は梅安の喉笛《のどぶえ》を一気に抉《えぐ》っていたろう。

「あっ……」

叫んだ藤枝梅安の胸元を、伊三蔵の刃物が掠《かす》め疾《はし》った。

何が何だかわからぬままに、梅安は、われからのけ反るようにして向う側へ倒れた。

「畜生!!」

はね起きた鵜ノ森の伊三蔵が刃物をかざして躍りかかろうとする、その膝のあたりを梅安の足が蹴った。

よろめいた伊三蔵の頭へ、庭先から飛んできた石塊《いしくれ》が音をたてて命中した。

「あ、あっ……」

伊三蔵は、

(もう、いけねえ)

と、感じ、身を投げるようにして、患者の待合になっている次の間へ逃げた。

「何者だ!!」

梅安の叫びが追って来る。

玄関前の廊下へ飛び出した伊三蔵の前へ、台所から走って来たおせき婆が、

「きゃあ……」

悲鳴をあげて立ちすくむのへ、伊三蔵が、

「ど、退《ど》きゃあがれ」

喚《わめ》きざま、刃物を揮った。

おせきの悲鳴が、また起った。

伊三蔵が、玄関から外へ転げるように逃げた。

「待て!!」

藤枝梅安もはね起きて、突然に開いた障子の向うを見た。

庭の向うの竹藪《たけやぶ》の中へ走り込む人影がちらりと見えたが、おせきの悲鳴が起ったので愕然《がくぜん》となり、

「婆さん……」

廊下へ走り出ると、おせきが倒れている。

「婆さん。し、しっかりしろ」

抱き起した梅安の腕に、おせきの血がながれてきた。

「おのれ……」

やり場のない、激しい怒りがこみあげてきて、梅安は唸《うな》り声《ごえ》を発した。

外へ飛び出して見ると、兇漢《きょうかん》の姿は消えている。

おそらく、道の向うの木立へ飛び込んだのであろう。

兇漢を追いかけることよりも、おせきを捨てておくわけにはまいらぬ。

藤枝梅安は、歯ぎしりをした。

三

梅安の居間（兼）治療室の障子を外から引き開けたのは、田島一之助であった。

田島は、伊三蔵を、

（白子屋がさしむけた仕掛人……）

と、看《み》た。

木蔭からあらわれた伊三蔵が杖を手に、わざと、脚を引きずりながら梅安宅へ入るのを見て、自分の推察に、

（狂いはない）

と、おもった。

（患者に化け、隙《すき》を見て、藤枝先生を殺《や》るつもりなのか……？）

そこで、足音を忍ばせ、笠をかぶったままで、庭先から治療室の外まで近づいたわけだが、閉めきった障子を外から見つめているうちに、居ても立ってもいられなくなってきた。

其処に落ちていた石塊をつかむと、田島は、おもいきって障子を引き開けてしまった。理

屈も何もない。ただもう、梅安の身が心配になってきたあまりのことで、われを忘れていたのだ。

開けて、どうするか……。

それさえも、そのときの田島の念頭にはなかった。

そして、開けると同時に、部屋の中で騒ぎが起った。

これも、田島の予期したところではない。

半裸の、あの男が倒れた梅安へ躍りかかり、梅安に蹴りつけられてよろめいた。

その男の頭へ石塊を投げつけた田島一之助は、大声に「待て」と叫んで起きあがった梅安を障子の外から見るや、一散《いっさん》に竹藪の中へ飛び込んだ。

(先生は、殺《や》られなかった。さすがだ)

逃げた男を追おうとおもったが、考えてみると、

(あの男とおれとは、同じ白子屋の手の者なのだ)

このことであった。

自分が追いかけて、捕えたところで、どうにもならぬではないか。

藤枝梅安が、傷ついたおせき婆を治療室へ抱え入れ、手当をおこなっている姿を、田島一之助は竹藪の中から見まもっている。

障子を開けはなしたまま、梅安は、庭の方へ目をくばりつつ、手当をしていた。

藤枝の旅籠で、戸波高栄と名乗り、急病の田島の手当をしてくれたときの、おだやかでやさしい藤枝梅安ではなかった。

ちらちらと庭先を見やる梅安の眼は、殺気にみちみちていた。

障子を開けて、田島は、どうするつもりであったのか……。

ともかくも、物もいわずに怪しい男の鼻柱へ石塊を叩きつけ、そのまま身を返して竹藪の中へ逃げ込み、あらためて様子をうかがうつもりだったのである。

鼻柱を石塊で強打されては、もはや仕掛けることはできまいと、田島は咄嗟に考えたのだ。

(おれが障子を開けたとき、ちょうど、あの男が先生を殺《や》りかけていたらしい)

おせきの傷は、左腕を浅く切られたのみで、

(先ず、よかった……)

ほっとするのと同時に、

(ここまで来ては、もう、捨ててはおけぬ)

白子屋菊右衛門への怒りがこみあげてくるのを、どうしようもなかった。

(関わりもない婆さんが、危く、あの男に殺されるところだった……)

このような、仕掛けの本道に外れたまねをされたのでは、これから先、他人にどのような迷惑がかかるか知れたものではない。

治療中の自分をねらって、患者に化けた仕掛人をさしむけて来たのは、いかにも白子屋菊右衛門らしい。

それだけに、梅安も、

(この上は、おもいきって……)

決意をかためなくてはならなかった。

(このあたりが、おれの命の捨てどきやも知れぬ)

白子屋一味に殺されてもよい。

おせきが、兇漢の手に傷つけられたことによって、鍼医者としての自分の生命は終ったといってよい。

鍼医者として患者の治療をつづけていれば、仕掛人としての自分に関わる殺気が何も知らぬ人びとにまでおよぶことになる。

「婆さん。大丈夫か?」

「なあに……」

おせきは、気丈《きじょう》に笑って見せた。

「あいつは、気ちがいだよ、先生」

「そのとおりだ。狂っている」

「妙なやつが来たものだねえ」

「まったく……」

「お上《かみ》へ届けなくては……」

「それは私がやる。ともかくも、お前さんを家《うち》まで送って行こう」

「なあに、平気ですよう」

「いや、送って行く。ちょっと、待っていておくれ」

梅安は、おせきと共に、寝間にあてられた部屋へ入り、着替えにかかった。

肌着を真新しいものに替え、黄八丈《きはちじょう》の着物に黒の羽織をつけ、おせきにはわからぬようにして簞笥《たんす》の底から白鞘《しらさや》の短刀を出し、ふところへ入れた。

「婆さん、痛むか？」

「少しね……」

「すまなかった。とんだ目にあわせてしまった……」

藤枝梅安は、深く、頸《くび》をたれた。

「何ですよう。先生が、あやまることはねえに……」

「さ、行こう」

左腕に包帯をしたおせきを抱えるようにして、梅安は外に出た。

出がけに梅安は、着物の衿《えり》の上前《うわまえ》の裏へ自分で縫いつけた〔針鞘《はりざや》〕の中へ、長さ三寸余の仕掛針《しかけばり》を二本ひそませた。

おせきを介抱しながら、家を出て行く藤枝梅安を、田島一之助は竹藪の中から見ていた。

(あの婆さんを、先生は送りとどけるつもりらしい)

それにしては、梅安がすっかり着替えをしているのが妙だ。

つまり、傷ついた老婆を送りとどけてから、

(先生は、どこかへおもむくつもりらしいが……何処へ行くのだろう?)

またしても、田島の胸がさわぎはじめた。

藤枝梅安は、おせきを送りとどけてから、ふたたび取って返し、自分の家の裏手を通り過ぎ、雉子の宮の境内から品川台町の通りへ出た。

そこへ、ちょうど、大崎の方から坂をのぼって来た町駕籠がある。

「これ……」

梅安が、駕籠をよびとめ、

「神田明神下まで、どうだ?」

「ようござんす」

「たのむ」

梅安を乗せた駕籠が二本榎《にほんえのき》の方へ去るのを、通りへ出て来た田島一之助が見とどけて、後を尾けはじめた。

ちょうど、そのころ……。

神田明神下の鰻屋〈深川屋〉の二階座敷へ、音羽の半右衛門があらわれて、此処《ここ》に泊り込んでいる彦次郎と小杉十五郎へ、

「お退屈でしょう」

「なあに……」

と、彦次郎が、

「梅安さんが、行方知れずとなった私たちのことを何とおもっていなさるか、そいつが気がかりでね」

「ごもっとも」

「元締。いったい、これからどうなさるおつもりなので？」

「それが、さ」

坐りこんだ半右衛門が腰の煙草入れを抜き取って、

「お二人とも、お待ち遠さま。今夜、仕掛けてもらいますよ」

と、いった。

神田明神下

「ほれ、彦さん。この障子の透間《すきま》から向うを見て下さいよ。さ、小杉さんも、こっちへおいでなすって……ね、向うに、白子屋が滞在をしている山城屋の屋根が見えましょう。屋根に、ちょいと大きな物干し場がある。ね……」

「元締《もとじめ》。それがどうしたので？」

「ま、彦さん。聞いて下さい、ようござんすか」

「ええ……」

「物干し場の下の、真中《まんなか》のあたりに、小さな蓋《ふた》がある」

「小さな、蓋……」

「さようで」

「屋根に、蓋がついているので？」

「そのとおり」

「そりゃ、元締。明り取りですかえ？」

「彦さんともあろう人が、察しが悪いねえ」

「……？」

「う、ふふ、ふ……」

「それじゃあ、元締……」

「わかりなすったか？」

「その蓋を開けると、白子屋が寝起きしている座敷の屋根裏へ……」

「そうとも。いざというときに、蓋を内側から開け、外へ逃げ出せるようになっているのですよ。彦さんの焼けた家《うち》の押入れにも、外へ逃げる仕掛けがしてあったそうじゃないか」

「元締は、よく知っていなさる……おどろきますねえ」

「それでね。お二人に今夜、あの蓋を開けて、中へ飛び込んでいただきたいのでございますよ。ま、この絵図面をごらん下さいまし、小杉さん……これは、山城屋へ三年前から女中として入り込ませてある、おしまという女が、ようやく探り出した山城屋の間取りなので」

「なるほど……」

「これだけ探り出すのに、三年も、かかってしまいました」

「大《てえ》したものだ、元締のおやんなさることは……」

「いやなに、彦さん。生まれつき、気が長いだけのことさ」

「そうでもなさそうですぜ」

「ともかくも、白子屋菊右衛門は、妾のお八重を勾引《かどわか》した者が、何とかいってくるのを、一歩も出ずに、あの屋根の下で待っている。何とかいって来たら、いろいろと細工をして、こっちの正体を見とどけるつもりなのだろうね」

「だが、いまだに、何ともいってこねえ」

「白子屋は、少し焦《あせ》っているのではないだろうか。もう、この上、待っていても仕方がない。いったん、大坂へ引きあげようと、そうおもいはじめているのではあるまいか……」

「ふうむ……」

「そのときまで、こっちも待っていて、道中で仕掛けてもらおうかと、考えてみたこともあるが……」

「いや、それは却《かえ》ってむずかしい。相手は何しろ白子屋菊右衛門でござんすからね」

「そのとおりですよ、彦さん」

「もしも取り逃したら、せっかく此処まで、元締が事を運びなすったのが台無しになってしまいますぜ」

「道中では、向うも油断をしまいからねえ。そこで、いま一つは、お八重を囮《おとり》にして白子屋をよび出し、向うの出方しだいで、臨機応変に仕掛けの策を考えようとおもい、梅安先生のお知恵を拝借しようとも思案していたが……梅安先生が、まったく仕掛けのはなしに乗ってくれぬこともあって、いっそ、おもいきって山城屋へ、彦さんと小杉さんに乗り込んでいただこうとおもいましてね」

「ですが元締。あの物干し場の下の蓋を、どうやって開けるので？」

「うふ、ふふ……」

「笑っていなすっても困りますよ。ねえ、小杉さん」

「困る、な……」

「ま、お二人とも聞いて下さいまし。あの蓋はね、今朝、おしまが洗濯物を干したときに、うまく細工をして開けておきましたよ」

「へへえ……そいつは、どうも……」

「おどろいたな、彦さん」

「小杉さん。どうします？」

「音羽の元締のはなしを、もう少し、聞かせてもらわねばなるまい」

「はい、はい。よっく、お聞き下さいまし。山城屋の屋根へは、此処の屋根づたいに行けます」

「そりゃ、大丈夫ですがね。中へ入ってから、どうするかだ」

「彦さん、小杉さん。もう一度、じっくりと、この絵図面を見て下さい。乗り込むのは明日の八ツ半（午前三時）ですから、まだ、たっぷりと時間《とき》がございますよ」

一

白子屋菊右衛門は、山城屋の二階座敷で、浪人の北山彦七を相手に酒をのんでいた。

先刻《さっき》から、北山がしきりに、

「いつになったら、藤枝梅安を殺《や》っていいのか？」

尋ねても、こたえなかった。

「この山城屋の手の者が探ったところによれば、その梅安という鍼《はり》医者は、品川台町の家にいるそうですな、元締」

「さようさ。ふといやつじゃ」

「それなら、大丈夫だ。拙者が一人で仕とめますよ」

「そりゃな、まともに向い合ったら、梅安は北山さんの敵やない。そりゃ、ようわかっているがな」

「それならば、元締。何もぐずぐずしていることはない」

「藤枝梅安は、逃げの名人や」

「え？」

「逃げられたら、元も子もないわい」

「いや、逃さぬ」

「ま、よろし。もう二、三日、待っていたらよろし」

「元締が、そういわれるなら……だが、こうして、この宿屋に引きこもったままでいるのも……」

「飽《あ》いてきたといいなさるか？」

「ま、そんなところです」

「わしも、飽いてきた」

「いったい、元締は、何を待っていなさる？」

「いろいろと、な」

「聞かせていただきたいものですな」

「いまに、な。ともかくも北山さんが側についていてくれるので、わしは、こうして安気にしていられるのや。ま、大坂へ帰ったなら、ゆっくりと遊ばせてあげよう。もう少し、辛抱をしてもらいたい」

「それにしても、田島一之助は、どうしたのでしょうなあ」

「お前さんが、目をはなすからいけないのや」

「そういわれると、返す言葉もない」

この部屋には、小窓が二つある。

人の躰《からだ》の出入りをゆるさぬほどに、小さな窓であった。

押入れがあって、その襖を開けると、中には何もない。

押入れの中の壁を押すと、壁がくるりと廻って、壁の向うの一坪の板敷きへ出る。

板敷きには梯子段《はしごだん》が設けてあり、これを昇りきったところの天井を押しあげると、山城屋の物干し台の下へ出られるのだ。

いざというときにそなえての、秘密の逃げ道なのである。

つまり、小杉十五郎と彦次郎は、この逃げ道を逆に、屋根から侵入して来て、白子屋菊右衛門が寝ている座敷の押入れから飛び込み、一気に殺害して、ふたたび、屋根の上へ引き返すことになっている。

菊右衛門は、目ざめると、すぐに朝湯へ入る。

その間に、女中のおしまが座敷の掃除をする。

音羽の半右衛門が入り込ませておいた、この女は、そこまで山城屋伊八の信頼を得ている。

それというのも、おしまは、すでに山城屋伊八に肌身を抱かせていたからであろう。

独身《ひとりみ》の伊八にとっては、いまのおしまは、

「なくてはならぬ女……」

に、なっていた。

白子屋菊右衛門が滞在をせぬとき、二階の奥座敷は山城屋伊八が寝起きしている。

伊八とても、油断がならぬ身であるから、添い寝をするおしまに、逃げ道の仕掛けを教えてあったのも、当然といえよう。

普通の女なら、主人《あるじ》の伊八が手をつければ、たちまちにつけあがるところだが、おしまは鼻にもかけず、他の二人の女中と共に、よくはたらいている。

（この女なら……）

山城屋伊八がおもいきわめたのも当然……と、いってよいほどに、おしまにはぬかりがなかった。

そのおしまによって、隠し戸棚の壁の仕掛けも外されていることを、山城屋と白子屋菊右衛門は気づいてはいない。

菊右衛門がいる座敷は八畳間だが、六畳の次の間がついており、そこに北山彦七と、もう一人の浪人・平尾《ひらお》源七《げんしち》と守山の繁造が寝起きしていて、菊右衛門を警護している。

廊下をへだてた向う側の二部屋には、山城屋の手の者が三人も詰めていた。

宿屋といっても、白子屋菊右衛門が滞在するときは、ほとんど、他の客を泊めない。

さて……。

藤枝梅安が、鵜《う》ノ森《もり》の伊三蔵の奇襲を逃れ、単身で神田の明神下へ向ったころ、白子屋菊右衛門は、

「北山さん。となりで平尾さんと、のみ直しをしなさるがいい。わしは、ちょいと昼寝をしようかい」

「では、ごめんを……」

「北山さん……」

「何です?」

「なあに、もう二、三日の辛抱だ。平尾さんにも、そういってあげるとよいがな」

「心得た」

北山彦七が出て行くと、入れかわりに、山城屋伊八が入って来た。

「元締。大丈夫でございましょうかね?」

「何が?」

「鵜ノ森の伊三蔵だけでは、こころもとない気がいたしまして」

「なあに、心配はいらぬ。この白子屋が思案を重ねたあげくに、おもいついた計略や。それを仕掛けるのが鵜ノ森の伊三蔵ゆえ、先ず失敗《しくじり》はあるまい。わしはな、伊八。どうも明日あたり、伊三蔵は梅安を仕掛けるような気がしてならぬのや」

「………」

「伊八。ちょいと、枕を出してくれぬかい」

「ようございます。ですが元締。お八重さんのことも気にかかりますなあ」

「うむ……」

急に、白子屋菊右衛門は、むずかしい顔つきになり、伊八が出してきた枕へ頭をのせて寝そべった。

「いったい、何処のやつが、お八重さんを……」

「それがわかれば苦労はないわい。わしにも、まったく見当がつかぬ。だがのう、伊八。おそらく相手は、わしが江戸へ出て来たことを知っているにちがいない」

「それなら、なぜ……?」

「わしを、江戸へおびき寄せておいて、何ぞ、たくらむつもりらしい。こっちも、われから乗せられて、相手の正体をつかんでくれようと、わざわざ江戸へ出て来たのやが、相手がうんともすんともいうてこんのやから、わしも打つ手がない」

さすがの白子屋菊右衛門もあぐねきっているらしい。

菊右衛門が、江戸へ勢力を伸ばすようになって以来、音羽の半右衛門は一度も反抗の色を見せていない。

それゆえ菊右衛門は、どちらかというと半右衛門を見くびっているようなところがあった。

「ともかくも、伊八」

「はい？」

「こうなったら、藤枝梅安を片づけてしまおうやないか」

「さようで……」

「お八重のことは、それからにしよう。場合によったら、わしは、いったん、大坂へ引きあげてもよいわい」

「ですが、元締。それでは、お八重さんが……」

「ま、仕方もないことや」

「仕方がない……？」

「お八重は、若いが気丈な女や。覚悟をきめているにちがいない。それに……」

いいさして、口ごもった白子屋菊右衛門へ、伊八が、

「どうなさいました？」

「ふむ……」

と、菊右衛門が、白い眼を天井へ向けて、

「もう、お八重は、殺されてしまっているやも知れぬ」

と、つぶやいた。

二

藤枝梅安は、神田明神社の門前で駕籠《かご》を降りた。

すでに、七ツ半（午後五時）をまわっていたが、早春の夕陽はまだ沈み切っていない。

西の空が、血のような夕焼けに染まっている。

町駕籠が道の向う側の、湯島聖堂横の坂道を下って行くのを見とどけてから、梅安は神田明神の境内へ入って行った。

鳥居を潜《くぐ》り、石畳の参道を楼門《ろうもん》の前へ出た藤枝梅安が、ゆっくりと振り向いたので、梅安を尾行して来た田島一之助は、あわてて鳥居の蔭へ身を引いた。

参道の両側にならぶ茶店から出て来る人びとにまぎれて、どうやら田島は、梅安に見とがめられずにすんだ。

楼門の彼方に、立派な本社がのぞまれたが、梅安は、あえて楼門を潜らず、低い塀に沿って右へ歩み出した。

（これは、いよいよ……）

と、田島一之助は緊張した。

白子屋一行が泊っている山城屋が、神田の明神下にあることは、田島もわきまえていた。

どうやら、

(梅安先生は、白子屋の元締に会うつもりらしい。いや、もしやすると、会うだけではすまないのでは……?)

いずれにせよ、

(これは無茶だ。無茶すぎる)

と、田島はおもった。

藤枝梅安が、いかに腕の立つ仕掛人であっても、白子屋菊右衛門の身辺は、二重三重に警護されているはずであった。

むろんのことに、北山彦七もついているはずだ。

(いかに梅安先生でも、北山さんに敵《かな》うはずがない……)

のである。

しかも梅安は、腰に脇差の一つすら帯びていないではないか。

ふところには短刀などを入れてあるやも知れぬし、うわさに聞いた仕掛針を隠し持っていたとしても、正面から乗り込んでいったなら、

(そんなものは、役に立たぬ……)

はずであった。

田島一之助は、茶店や土産物屋の軒下を伝って、梅安が振り向いたときの視線にそなえつ

つ、後を尾けはじめた。

境内の何処かで、しきりに鴉《からす》が鳴いている。

(不吉な……)

田島は、舌打ちをした。

神田明神は大己貴命《おおなむちのみこと》を祭神とし、中古のむかしから江戸に鎮座《ちんざ》し、元和二年に徳川幕府が湯島の台地へ社殿を移し、

「江戸の総鎮守《そうちんじゅ》」

と、称されている。

「当社の境内、常に賑《にぎ》わしく詣人《けいじん》絶《た》ゆることなし。茶店《さてん》各々《おのおの》崖《きし》にのぞみ、遠眼鏡《とおめがね》などを出して風景を翫《もてあそ》ぶのなかだちとす。ことさら近来《ちかごろ》は瑞籬《みずがき》に桜樹《さくら》をあまた植えければ、弥生《やよい》のころ、もっとも美観たり」

などと、むかしの本に記されているように、境内から、その周辺には、さまざまな店屋、茶店、料理屋がたちならんでいることもあって、春の夕暮れどきとて、人影が絶えることはない。

藤枝梅安は、明神社の塀に沿って左へ曲がった。

目の前に、鳥居の側面が見える。

この鳥居は、明神社の東参道に面して立つ。

鳥居前は急な石段となって東へ下り、下りきったところが明神社の裏門ということになる。

鳥居の傍《かたわら》に立った梅安の前には、東面にひろがる江戸の町々の屋根が夕闇の中に横たわり、石段の両側の旗亭《きてい》の軒行燈《のきあんどん》に灯がともりはじめた。

この石段を下り、裏門を潜って出れば、そこは昌平橋から北へ通じている道である。

道を突切った向う側の一角に、宿屋の山城屋があり、そのとなりには鰻屋の深川屋がある。

深川屋の二階では、音羽の半右衛門・彦次郎・小杉十五郎の三人がいて、いましも、酒をのみはじめたところだ。

藤枝梅安は、わずかの間、鳥居の傍に立っていたが、何をおもったのか、崖の縁《ふち》にある茶店へ入って行った。

「酒をたのむ」

「へい、へい」

このとき、田島一之助は、明神社の塀の曲がり角に身を寄せてい、梅安が茶店へ入って行くのを見とどけている。

「ずいぶんと、日が長くなりましたねえ、三河屋《みかわや》さん」

「さようで」

「年をとると、やはり、春がようございますねえ」

「春が来ると、すぐに、また夏ですよ、相模屋《さがみや》さん」

「厭《いや》ですねえ、暑いのは……」

「夏が来ると、秋……」

「秋が来ると、また冬。寒いのはたまりませんねえ」

何処かの商家の主人《あるじ》らしい老人が、それぞれに手代を従え、田島一之助の前を通りすぎて行った。

（どうしよう……どうしたらいいのだ？）

田島は、自分で自分に問いかけている。

こたえは、出てこなかった。

三

ちょうど、そのころ……。

身なりのよい、中年の町人が山城屋の前を通りぬけ、となりの深川屋へ入って行った。

髪も、きれいにしてあるし、どう見ても堅気《かたぎ》の町人で、ふところもあたたかく、所用の帰途に深川屋へ立ち寄り、鰻で酒をのみに来たとしかおもえぬ。

深川屋の軒行燈には、灯がともっていたけれども、となりの山城屋の軒行燈には、このところ毎夜、灯が入っていない。

ところで……。

この町人が山城屋の前を通りぬける少し前に、女中のおしまが山城屋の表へ出ていて、店の前を掃き清めていた。

町人は、山城屋の軒先を通りすぎたのだが、そのとき、帚《ほうき》をつかっていたおしまが、ひょいと顔をあげた。

町人も、おしまの顔を見た。

夕暮れとはいえ、まだ、提灯《ちょうちん》はいらぬほどであった。

おしまは、帚の手をうごかしながら、町人へ片眼をつぶって見せた。

町人は何事もなかったように、深川屋へ入って行く。

おしまもまた、何事もなかったように帚をつかっている。

町人が深川屋へ入って行くと、板場から亭主の利吉が顔を出し、うなずいて見せた。

階下の入れ込みには、もう五、六人の客が入っている。

利吉へ、うなずき返した町人は二階へあがって行くと、若い男が小廊下に立っていて、町人へうなずいて見せた。

若い男は、音羽の半右衛門の配下で市太郎《いちたろう》といい、二階へあがって来た町人は、半右衛門の片腕などとよばれている半田《はんだ》の亀蔵《かめぞう》という男であった。

小廊下の奥の座敷へ、亀蔵が入って行き、小杉十五郎と彦次郎へ頭を下げてから、音羽の半右衛門へ、

「元締。いま、おしまが片眼をつぶって見せました」

「右の眼か、左の眼か？」

「左で」

「それでよし」

大きくうなずいた音羽の半右衛門が、十五郎と彦次郎へ、

「それでは、打ち合わせたとおりに……」

と、いった。

十五郎と彦次郎が、うなずく。

「亀蔵。お前のほうの手配《てくば》りに、ぬかりはあるまいな」

「大丈夫でございますよ」

と、半右衛門。

「この、お二人に、うまく逃げていただかなくてはならぬ。しっかりたのむよ」

「はい」

すると、彦次郎が、

「元締。まだ、わかりませんぜ。逃げる前に、私《あっし》なんか、あの世へ行っているかも知れねえ」

「なあに、大丈夫」

今夜の、音羽の半右衛門は自信にみちあふれている。

「亀蔵。ま、ひとつ、やっていくがいい」

「とんでもないことで……」

「なあに、討ち入るときには、酒もさめてしまっているさ」

藤枝梅安が、茶店の中にいたのは、さして長い時間ではなかった。

酒が運ばれて来ると、盃で二口《ふたくち》ほどのみ、凝《じっ》と、うごかなくなった。

何か、考えごとをしているように見えたが、時間《とき》をはかっていたのやも知れぬ。

(それにしても……)

患者になりすました男が、自分へ襲いかかったとき、障子が外から開き、曲者《くせもの》へ石塊を投げつけた者は、

(いったい、何者なのか?)

小杉十五郎や彦次郎ではないにきまっている。

自分がはね起きたとき、笠をかぶった男が庭の向うの竹藪《たけやぶ》へ走り込むのを、梅安は咄嗟に

見た。

しかし、その男がだれか見当もつかなかった。

(いまは、もう、だれであろうと同じことだ)

梅安は、死を決していた。

山城屋へ乗り込んで、白子屋菊右衛門と語り合い、解決をはかるつもりはみじんもない。

手つだいの老婆おせきにまで害がおよんだことに、梅安は衝撃を受け、激怒した。

あの患者に化けてあらわれた男は、相当の仕掛人とみてよい。

仕掛人ではない藤枝梅安……鍼医者になりきっていた梅安の隙《すき》をねらって仕掛けることを思いついただけでも、それがわかる。

だが、いかなる場合にも、仕掛けの世界に関係のない人びとを巻き込むのは、仕掛けの本道に外れている。

いずれにせよ、

(このままに白子屋を捨てておいたのでは、おれのために、罪もない人びとを巻き込むことになる)

このことであった。

このまま乗り込んで行って、白子屋菊右衛門を自分ひとりの手で討てるかどうか、それはわからぬ。白子屋を護っている腕ききの者たちがいるだろうし、こちらは何の計画もなく、単身で正面から打《ぶ》つかって行くのだから、勝算はなかった。

(それでもよい)

自分が白子屋に返り討たれれば、少なくとも自分に関わる迷惑を他人へおよぼすことはなくなるのだ。

〔井筒〕のおもんのことが、いささか気になるけれども、自分の死後は、彦次郎がうまくはからってくれよう。

品川台町の床下の土の中に、梅安は壷を埋め込んである。

その壷の中には三百五十両ほどの小判が入っていて、彦次郎はそれを知っているから、その金の大半をおもんへ手わたしてくれるであろう。

藤枝梅安は何年か前に、江戸へ来ていた白子屋菊右衛門にさそわれ、明神下の山城屋へ出向いたことがある。

そのときは、たしか、二階の奥座敷へ案内され、菊右衛門と酒を酌《く》みかわした。

おそらく菊右衛門は、同じ二階座敷に寝泊りをしているに相違ない。

大坂の白子屋ほどではないにせよ、菊右衛門のことだから、それなりの用心をしていようし、逃げ口も設けていよう。

そうしたことを、いまここで、おもいめぐらしたところではじまらぬ。

いまの梅安は、いわゆる無念無想とまではまいらぬが、その境地に近くなっていた。

やがて、藤枝梅安は酒代を置き、茶店を出た。

妙に生あたたかい夕闇が、濃くなってきている。

(あ、出てまいられた……)

と、一剣《いっけん》・田島一之助は塀の曲がり角から身を引いた。

梅安は、あたりを見まわしてから、ふところから出した頭巾をかぶりかけたが、おもい直したように、また、ふところへ仕舞いこんだ。

そして、神田明神・裏門へ向って、急な石段をゆっくりと下りはじめたのである。

田島は笠をかぶったまま、塀の蔭から石畳へ飛び出した。

(ああ、どうしよう。そうだ。ここで偶然に、梅安先生を見かけたことにして、名乗り出たらどうだろう?)

では、名乗り出た後で何とする。

(困った……)

田島は、背筋が寒くなってきた。

東海道・藤枝宿

「音羽の元締《もとじめ》。これで、すっかり打ち合わせがすみましたね」

「すんだ、すんだ。さ、彦さん、小杉さんも、お酒を……」

「いや、私は、もうやめにしておこう。後は腹ごしらえをしておきたい」

「私も小杉さんと同じですよ、元締」

「そうかえ。いま、階下《した》で仕度をしていますからね。お二人とも、ここの鰻でようございますね？」

「何でもよろしい。腹ごしらえをした後で、ひと眠りしておきたいな」

「私も、小杉さんと同じですよ」

「さすがに、小杉さんと彦さんだ。余裕《ゆとり》がおあんなさる。そうでなくてはねえ……」

「元締。煽《おだ》てなすってはいけませんよ」

「冗談を……いま、ここで、お前さんたちを煽てたところで仕方がありませんよ。ね、彦さん。そうだろうじゃないか」

「ふ、ふふ……」

「彦さんは、吹矢をつかいなさるね？」

「ええ、つかいますとも」

「彦さんの吹矢があれば、何よりも心丈夫だ」

「何といっても、小杉さんにはたらいてもらわないことには、ね」

「何としても、今度は白子屋菊右衛門を仕止めたい。それでないと、梅安殿が安んじて鍼《はり》の治療ができぬ」

「そのことだ、小杉さん」

こういって、彦次郎が窓の戸を細目に開け、

「すっかり暮れたね」

つぶやいて空を見あげた。

夕空が夜空に変りつつあった。

星が、またたいている。

音羽の半右衛門は、小杉十五郎と彦次郎の食膳をととのえるため、部屋から出て行った。

この部屋は、鰻屋・深川屋の二階奥座敷である。

窓を開けると、下は路地で、東隣りが宿屋の山城屋、西隣りが豊嶋《としまや》屋という瀬戸物問屋だ。

この瀬戸物問屋が角地《かどち》になってい、路地を出たところが明神下の通りであった。

彦次郎が空を見あげた視線を、何気なく明神下の通りの方へ向けて、

「あ……」

一瞬、その顔が、凍《こお》りついたようになった。

いましも、明神下通りから路地へ入って来た大きな人影が、濃い夕闇の中にも、あきらかに藤枝梅安とわかったからだ。

徒《ただ》ならぬ彦次郎の様子に気づいた小杉十五郎が、

「彦さん。どうした？」

「こ、小杉さん。早く早く、此処へ……」

「何……」

立って来て、彦次郎が指すままに路地を見やった十五郎も、

「あっ……」

低く叫んだ。

一

藤枝梅安は何年か前に、白子屋菊右衛門にさそわれ、明神下の山城屋へおもむいたとき、

「さ、こちらから……」

と、山城屋伊八に案内され、廊下の奥の小さな階段から、二階へあがって行ったおぼえがある。

一般の客用の階段は、表口の土間から廊下へあがって、すぐの左側にあったはずだ。

奥の階段の左手に、かなり広い台所があったことも見おぼえていた。

その台所が、明神下の通りへ出る路地に面していることも、わきまえていたが、その他の、山城屋のくわしい間取りについては知らぬ。

ただ、奥の階段をあがると、すぐ右側に白子屋菊右衛門が滞在している座敷があり、そこへ案内をされ、菊右衛門と酒を酌《く》みかわしたのであった。

そのことのみが、いまの藤枝梅安の脳裡《のうり》に浮かんでいる。

神田明神社の石段を下り、明神下の通りへ出た梅安は、いささかのためらいもなく通りを突切り、山城屋の裏手に面した路地へ入って行った。

このとき……。

山城屋の台所には、中年の料理人と下働きの小女《こおんな》と女中、それに、おしまがいた。

台所では、二階の白子屋菊右衛門たちの食膳をととのえている最中《さなか》であった。

すでに、昼寝からさめた菊右衛門は入浴をすませ、二階で守山の繁造を相手に、酒をのみはじめている。

北山彦七は、台所と小廊下をへだてた湯殿《ゆどの》へ入っていた。

浪人の平尾源七は、菊右衛門がいる座敷の次の間にいて、北山がもどって来たら交替して入浴するつもりだ。

山城屋伊八は、湯殿と廊下をへだてた六畳の間にいる。

藤枝梅安は、路地に面した台所の戸を開け、すっと中へ入った。

入って、戸を閉め、事もなげに台所の土間を突切った。

料理人は庖丁をつかっていて、これに気づかぬ。

小女は西側にある小庭へ出て、石井戸の水を汲んでいた。

中年の女中が、入って来た梅安を見て、

「もし……」

声をかけると、梅安は落ちつきはらった様子で、

「うむ」

うなずいて見せ、草履《ぞうり》をぬぎ、廊下へあがって行ったのである。

女中は、おしまを見やった。

あまりにも、梅安の態度が自然だったので、気をのまれてしまったらしい。

おしまはおしまで、はっとなった。

梅安はおしまを知らぬが、おしまは、以前に二度ほど、梅安を見たことがあった。

それは、ほかならぬ音羽の半右衛門の家においてであった。

「あれが藤枝梅安先生だよ」

と、半右衛門が後で、おしまに打ちあけてくれた。それで知っていたのだ。

おしまは、戸惑った。

音羽の元締は、彦次郎と小杉十五郎をさしむけて、明日の明け方に白子屋菊右衛門を仕掛けることになっているけれども、藤枝梅安がこれに加わっているとは、聞いていない。

いないが、しかし、小杉十五郎の一件によって、梅安が白子屋一派から一命をねらわれていることは、音羽の半右衛門から聞いていた。

その梅安が、事もあろうに、

「敵中へ乗り込んで来た……」

ことになるではないか。

しかも、ひとりきりでだ。

(これは、いったい、どうしたことなのか?)

おしまは戸惑いながらも、女中に、うなずいて見せた。どうして、そうしたのかわからない。

女中は、おしまがうなずいたので、安心をしたらしい。

と、そこへ、またも台所から男がひとり、笠をぬぎながら入って来た。総髪《そうがみ》を後ろへ束《たば》ね、袴をつけた侍だが、顔は少年のように若い。

いうまでもなく、これは田島一之助であった。

田島が台所へ入って来たとき、藤枝梅安は音もなく、しかも素早く裏の小階段を二階へあがってい、見おぼえのある座敷の障子の前へ立っていた。

そして、しずかに障子を引き開け、中へ入った。

さすがの白子屋菊右衛門も、まさかに此処へ、梅安がひとりきりで乗り込んで来るとはおもっていない。

障子を開けたのは、山城屋伊八だとおもっていて、顔も向けずに煙管へ煙草をつめていた。

だが、守山の繁造は振り返った。

繁造の顔色が、さっと変り、

「だれだ？」

叫んで、片膝を立てた。

瞬間、藤枝梅安の巨体が風を切って繁造へ躍りかかった。

二

このとき藤枝梅安は、ふところから引きぬいた短刀を右手につかんでいた。

その短刀で、守山の繁造の左の頸《くび》の急所を撥《は》ね切るや、梅安は身を投げ出すように、白子屋菊右衛門へ体当りをくわせている。

「ぎゃあっ……」

「うわっ……」

繁造の悲鳴と菊右衛門の叫びが、同時に起った。

その少し前に、階下の台所でも、中年の女中と板前の叫び声が起っていた。

入って来た田島一之助の血相が変っていたからだ。

山城屋にいる者の中で、田島の顔を見知っていたのは、白子屋菊右衛門と北山彦七のみである。

田島は、草履を跳《は》ね飛ばすようにしてぬぎ、廊下へあがった。

廊下の向うに、小階段が見えた。

田島一之助は、大刀へ手をかけようとしてやめ、差し添えの脇差を抜きはらい、階段をかけあがった。

叫び声を聞いた北山彦七が、下帯一つの裸体で脇差をつかみ、

「どうした!!」

廊下へ飛び出して来た。

さすがに、入浴中にも脇差を手ばなさぬ北山彦七だ。

二階では……。

白子屋菊右衛門を抱きすくめるように押し倒した藤枝梅安が、そのはずみに短刀を手ばなしてしまった。

「おのれが、おのれが……」

菊右衛門は喚《わめ》いたが、梅安の巨体に押しつぶされ、これを、はねのけることができない。

梅安は、いきなり菊右衛門の鼻柱を右の拳《こぶし》でなぐりつけた。

「あっ……」

菊右衛門の鼻腔から血がふき出したとき、早くも梅安は着物の衿《えり》の上前《うわまえ》の裏へ縫いつけた〔針鞘《はりざや》〕の中から仕《し》掛針《かけばり》を引きぬいている。

すべては、一瞬の間のことであった。

次の間にいた平尾浪人が飛び込んで来て、

「や、曲者!!」

大刀を抜きはらって、梅安の背後へせまった。

守山の繁造は、座敷の中を、のた打ちまわっている。

藤枝梅安は、平尾浪人をちらりと見たが、意に介《かい》さぬ。

自分は平尾に斬られてもよい。

それより、何としても白子屋菊右衛門を殪《たお》さねばならぬ。

踠《もが》く菊右衛門の頸を左腕で巻きしめた梅安が、菊右衛門の頸すじの急所へ、ずぶりと仕掛針を打ち込んだ。

ほんらいならば、このとき梅安自身も、平尾浪人の一刀に脳天を割りつけられていたろう。

だが、梅安は無事であった。

廊下から飛び込んで来た一剣・田島一之助が物もいわずに、平尾浪人へ体当りをくわせたからである。

平尾は、つぎの間まで突き飛ばされ、

「うぬ!!」

立ち直ろうとするのへ、すかさず肉迫した田島が身を沈め、

「たあっ!!」

平尾浪人の右の膝頭を切り割って飛びぬけざまに、平尾の左脇腹を切りはらった。

平尾の絶叫があがる。

その瞬間……。

座敷の押入れの襖が開き、小杉十五郎があらわれたのには、藤枝梅安もおどろいた。

「さ、早く……」

立ちあがった梅安を、押入れの中へ押し込んだとき、北山彦七が脇差をつかんで座敷へ飛び込んで来た。

倒れた白子屋菊右衛門の躰が、激しく痙攣《けいれん》している。

「おのれ、何者……」

小杉十五郎を見て叫びかけた北山彦七の右眼へ、押入れの中から疾《はし》り出た一筋の光芒《こうぼう》が吸い込まれた。

押入れの中にいた彦次郎の吹矢であった。

「ああっ……」

よろめく北山の顔を、十五郎の脇差が抜き打ちに切りはらった。

そして、十五郎は押入れへ飛び込み、襖を閉めた。

押入れの中の壁の向うへ、すでに藤枝梅安は押し出されている。

「さ、こっちだ、梅安さん……」

「ひ、彦さん。これは、いったい……？」

「さ、早く、早く……」

階下からは山城屋伊八や配下の者が、また、二階の別の部屋にいた腕ききの配下たちが、平尾浪人を殪《たお》した田島一之助へ殺到した。

小杉十五郎に頬を切られた北山彦七は屈せずに、梅安と十五郎が消えた押入れの襖を引き開けたが、二人の姿は消えている。

壁が見えるだけではないか。

北山が憤然として、右眼に突き刺さった吹矢を引き抜き、叩きつけたとき、

「北山先生。そいつを、早く……」

山城屋伊八の叫び声がした。

北山が振り向くと、いましも田島一之助が脇差を振りまわしつつ、山城屋の配下の者どもに押しつめられ、この座敷へ引き退いて来るのが見えた。

何分にも、せまい場所で数人の男たちが重なり合うようにして、田島へ物を投げつけたり、飛びかかったりする上に、田島も逆上してしまっている。

むりもない。

自分が斬るべき梅安を助けようとして、味方と闘っているのだ。

これが戸外ならば、うたがいもなく、田島一之助は逃げ終《おお》せていたに相違なかった。

田島も、自分の背後に北山彦七がいようとはおもわなかった。

北山も、田島とはわからずに、

「くそ‼」

いきなり、田島の後頭部へ脇差を叩きつけた。

ぱっと、血けむりがあがった。

振り向いた田島一之助が、反射的に脇差を北山の腹へ突き入れた。

北山は躱《かわ》そうとして、躱し切れなかった。

せまい座敷の中だったし、北山も右眼を傷つけられていたので咄嗟《とっさ》に躰がうごかなかった所為《せい》もある。

北山彦七が田島を見て、何ともいえぬ声をあげた。

田島も、目をみはった。

おどろきと衝撃とが、一つになって、

「た、田島……」

「き、北山さん……」

田島一之助は、切り割られた西瓜《すいか》のような顔を北山へ向けて、

「こ、これで、おしまいだ」

と、いった。

「田島、なぜだ……なぜ、こんなことを？」

「わ、わから、ない……」

「う、うう……」

がっくりと両膝をついた北山彦七が脇差を手ばなし、田島一之助の肩を抱くようにして倒れ伏した。

白子屋菊右衛門は、すでに息絶えている。

山城屋の者どもは、茫然とたちすくんだ。

「も、元締……」

菊右衛門を抱き起した山城屋伊八は、まるで死人のような顔色になっていた。

座敷の中は、血の海であった。

三

それから五日目の夜。

小石川の音羽九丁目の料理茶屋・吉田屋の奥の一間で、この店の主人《あるじ》でもある音羽の半右衛門が、小杉十五郎と彦次郎を相手に、酒を酌《く》みかわしている。

「ところで彦さん。お前さんと小杉さんが住みなさる家《うち》がきまりましたよ。板橋の宿外《しゅくはず》れでね。明日にでも案内をしましょうかね」

「そうしておくんなさい」

「そこで、彦さんは、また楊子《ようじ》づくりに精を出しなさるか？」

「ま、そんなところですねえ」

「小杉さんは？」

「昼寝でもしていましょうよ」

「なるほど、なるほど。ときに梅安先生は何処へ行ってしまったのだろうねえ？」

「何処ぞへ落ちついたら、元締へ知らせてくることになっていますよ」

「ほんとうでしょうかねえ？」

「そうしなくては、私たちとの連絡《つなぎ》がとれませんよ」

「そりゃ、そうだねえ。それにしても、あのときは、びっくりしてしまった。あんなことは、はじめてだ。まさかに、お前さん。梅安先生がひとりで山城屋へ乗り込んで来ようとはねえ……」

あのとき、鰻屋の二階にいた彦次郎が梅安の姿を見かけなかったら、どうなったか知れたものではない。

彦次郎と十五郎は、半右衛門へ知らせる間もなく、それぞれに吹矢と脇差をつかみ、屋根づたいに山城屋の物干し場の下へ走ったのだ。

藤枝梅安を助けて、ふたたび、物干し場の秘密の逃げ口から脱出した彦次郎と十五郎は、路地へ飛び降り、明神下の通りを突切り、神田明神の石段を駆けのぼって逃げた。

後を追って来る者は、だれもいなかった。

おしまは、二階の乱闘の響きを聞いて、すぐさま外へ走り出て、隣りの鰻屋へ逃げ込み、音羽の半右衛門へ、すべてを語ったが、さすがの半右衛門も、

「何が何やら、さっぱりとわからなかった……」

そうな。

藤枝梅安は、彦次郎と小杉十五郎へ、こういった。

「白子屋を押し倒したときは、無我夢中だったよ。白子屋の頸へ仕掛針を打ち込もうとしたとき、向うの部屋から浪人がひとり、刀を振りかざして、こっちへ走り寄って来た。そやつの刀が私の頭へ打ち込まれる前に、白子屋を仕止めたかった。白子屋をあの世へ送ったら、斬られて死んでもいいとおもったのだが……そのとき、だれかが飛び込んで来て、その浪人を突き飛ばした。それで私は助かったのだが……さて、その人がだれか、よくわからないのだよ、彦さん。うむ、たしかに侍の姿をしてはいたのだが、顔も見えなかったし、小杉さんが押入れの中から飛び出して来なさるし……いや、どうも、あのときの私は、何が何やら、さっぱりと……」

いいながらも、梅安は、

(もしやして……?)

と、今日の昼下りに、患者に化けた恐るべき仕掛人が自分を襲ったときのことを、おもい浮かべた。

あのとき、障子が外から開いて、梅安へ襲いかかった男へ、庭から石塊《いしくれ》を投げつけた者がいた。

これは、あきらかに、藤枝梅安の危急を救おうとしたことになる。

はね起きた梅安は、鵜《う》ノ森《もり》の伊三蔵を追わんとして、庭の向うの竹藪へ走り込む人影を、ちらりと見た。

見たが、それがだれなのかわからぬ。

山城屋で、自分を助けにあらわれた侍姿の男は、同じ人物だったのではあるまいか。どうも、そのような気がしてならない。

「梅安さんを助けた、その人に、心当りの一つもないのですかえ?」

と、彦次郎に尋《き》かれても、

「ない。わからない」

梅安は、あぐねきっていたが、

「うまく、逃げてくれたろうか?」

それだけが、気がかりの様子らしかった。

三人は、その足で品川台町へ急行し、梅安は身仕度をととのえて、

「後をたのむ」

すぐさま、家を出て行ったのである。

彦次郎と十五郎は、梅安を見送ってから、家の戸締りをし、手つだいの老婆おせきの家へ一泊した。

「梅安先生は、急用ができて、旅へ出なすったよ」

と、彦次郎が、おせきに告げた。

人の善《よ》いおせきは、彦次郎と小杉十五郎の言葉を少しも怪しまず、

「また、どこかの女のところへしけこんだのだね。しようがない先生だよう」

「まったくだ」

彦次郎は、すかさず相槌を打っておいた。

翌朝、彦次郎と十五郎は、音羽の吉田屋へ行き、半右衛門にかくまわれた。

山城屋での血闘については、むろんのことに町奉行所から出張《でば》って来て、いろいろと調べたらしいが、結局は、

「泊り客どうしの喧嘩《けんか》」

ということで、けりがついたらしい。

かねがね、山城屋伊八から土地《ところ》の御用聞きなどへも金をあたえてあったし、それに、だれも知らぬところから、

「喧嘩にしておけ」

との指令が出たこともある。

音羽の半右衛門は、

「なあに、白子屋菊右衛門が死んだことを悲しむ人間なんて、一人もいませんからねえ」

こういって、尚も手をまわして探らせていたが、

「山城屋伊八と手下《てした》の連中も何処かへ消えてしまったそうですよ」

と、彦次郎と十五郎に告げた。

「ところで、元締」

「何だね、彦さん」

「この家の地下蔵《ちかぐら》に、まだ、あの白子屋の妾はいるのですかえ?」

「いるとも」

「どう始末をつけなさるので?」

「さあねえ……ともかくも、もう少し、地面の下にいてもらわねえことにはねえ」

「ふうむ……」

「ま、あの女も世の中のためになるような女ではないらしい」

「……?」

「うふ、ふふ……さ、お二人とも、もっと飲んで下さいよ」

その夜更けに、枕をならべて寝床へ入ってから、彦次郎が小杉十五郎へ、

「さっきの元締の言葉を、何とおもいなさる？」

「地下蔵の女のことかね？」

「ええ」

「さて、な……」

「私は、こうおもうね。音羽の元締は、あの女を生かして返すつもりはねえと……」

「そうか、な？」

「音羽の元締は、そういうお人さ。あの女を生かして返して、そのために、梅安さんをはじめ、私たちにも害がおよんではいけねえと考えていなさる」

「ほう……」

「どこから、こっち、のことを、あの女が嗅《か》ぎつけるか知れたものじゃあねえ。あの女は、そういう女らしい」

「ふうむ……」

「ところで小杉さん。梅安さんは、いまごろ何処にいるのでしょうねえ」

「わからぬ。あの人については、わからぬことばかりだ」

「なんだか私も、わからなくなってきた」

「それにしても……」

と、小杉十五郎が、感に耐えかねたように、

「山城屋へ、たった一人で乗り込むとはなあ」

彦次郎は、しばらく沈黙していたが、ややあって、

「小杉さん。雨が降って来たようですぜ」

十五郎は、またも、

「たった一人でなあ……」

と、いった。


この年の夏も過ぎようとする或日《あるひ》に、藤枝梅安が故郷の東海道・藤枝へ姿をあらわした。

あれから、梅安は、小田原城下の薬種屋《やくしゅや》〔回生堂《かいせいどう》・中西喜三郎《なかにしきさぶろう》〕方へ身を潜めていたのである。

中西喜三郎については、この物語のはじめにのべておいた。

板橋へ住みついた彦次郎と小杉十五郎とも連絡《つなぎ》がついた。

そして、五日ほど前に、彦次郎から、

「もう、江戸へ帰って来なすっても大丈夫だ」

との知らせが、小田原へとどいたのである。

梅安は、江戸へ帰るつもりでいたのだが、

（そうだ。もう一度、藤枝の親父の墓へ詣《もう》でて来よう。これが最後になるやも知れぬし
……）

ふと、そうおもった。

今度の事件で、

（私の先行《さきゆき》も、長くはないようだ）

しきりに、そのことがおもわれる藤枝梅安であった。

白子屋菊右衛門は、腕ききの仕掛人を鍼治療の患者に化けさせ、さしむけてよこした。

これは、まさに、梅安の弱点を衝《つ》いたことになる。あのようなことは、はじめてであった。

白子屋菊右衛門は仕とめることができたけれども、いつ、何処で、だれが、自分に襲いかかって来るか知れたものではない。

仕掛けの泥沼から、足を引き抜くことはできぬし、たとえ、いま、引き抜いたところで、これまでの、自分の仕掛針の業の深さは消えるものではないのだ。

今年の正月に、小杉十五郎を追って東海道を上《のぼ》ったとき、藤枝へ立ち寄り、薄幸だった亡父・治平の墓詣りをした梅安だが、

（もう二度と、藤枝へは行けぬような……）

おもいが、しきりとなった。

父の墓がある正定寺へも、あらためて永代供養の金をわたしておきたかった。

その日の夕暮れに……。

東海道・藤枝の宿へ入った梅安は、なじみの旅籠《はたご》・越前屋達平方へ向った。

道端には、赤のまんまが咲き、草むらには白粉《おしろい》の花がひっそりと、小さくさびしげに咲いている。

桔梗色《ききょういろ》に暮れかかる夕空の下を、藤枝梅安が越前屋へ入って行くと、

「あれ、まあ、戸波先生……」

折しも土間にいた、中年の女中おたよが、おどろきの声をあげた。

一年のうちに、梅安が二度も藤枝へあらわれることなど、かつてなかったことだ。

藤枝梅安が、越前屋に泊るときの名は、戸波高栄である。

「これは、これは……」

番頭も、おどろきの声をあげて、帳場から出て来た。

二階の、いつも泊る部屋へ通り、とりあえず旅の汗をながしてもどると、すぐに酒肴《しゅこう》の膳が運ばれて来た。

女中のおたよが、酌をしながら、

「戸波先生。今年のはじめに……」

「うむ。また、通りかかったのでな」

「いえ、あの、この前に、若いおさむらいさんを此処で介抱なすって……」

「お、そうだ。あの若者は、あれからどうしたね？」

「先生の、おいいつけを素直におまもりなすって、すっかりよくなり、しばらくして江戸へお発ちになりましてございますよ」

「そうか。それはよかった」

「なんでも、江戸へ行って、戸波先生をお訪ねして御礼を申しあげたいと、宿帳を見て、お発ちになりましたけれど……」

「ほう……」

「訪ねておいでになりましたか？」

「さて……」

と、藤枝梅安は、ゆっくりと盃をのみほしてから、

「いや、来なかったよ」

「まあ……」

来るはずがない。

来ても、わからぬ。

江戸での住所も、名前も偽《いつわ》っているのだから……。

「でも、かならず、訪ねるとおいいなすって……」

「そうか……」

「また、途中で、躰が悪くなったのでは？」

「お前さんは、そんなに、あの若いさむらいのことが気にかかるのかえ？」

「いえ、あの……」

こちらを見つめている藤枝梅安へ、微笑を向けたおたよが、

「あの、おさむらいさんは、私の息子と同じ年ごろなのでございますよ」

「お……そうか」

うなずいた藤枝梅安が、

「ひとつ、おやり」

盃を、おたよへわたし、酌をしてやった。

池波さんの小説作法

逢坂　剛

池波正太郎さんについては、作品自体はもちろんのことその周辺情報に関しても、多くの本が書かれている。

一人の時代小説作家について、作品以外にこれほど多彩な解説本、関連図書が読まれるケースは、珍しいのではないか。

たとえば、料理の本がある。

池波さんの小説には本筋に関係なく、江戸時代に庶民が食べたと思われる料理が、いろいろと登場する。読者は、ストーリーとは別にその料理にも強く興味を引かれ、あれこれ味を想像しながら、小説を読むことになる。池波さん自身が、こうした江戸料理について蘊蓄《うんちく》を傾け、それを編集者による聞き書きというかたちで、本にまとめている。

わたしもかつて、〈鬼平犯科帳〉のシリーズに出てくる江戸料理を、ほぼそのままの調理法で味わい、感想をエッセイにまとめるという、文字どおりおいしい仕事をしたことがある。これは、北原亞以子さんとの共著で本にもなり、爆発的に売れた……とはいわぬまでも、根強い池波ファンの存在をうかがわせるくらいには、市場に出回ったものだ。

それ以外にも、〈鬼平シリーズ〉に登場する江戸の町を、切絵図を頼りに散策する本とか、鬼平に対する各界著名人の思いをまとめたアンソロジーとか、池波さんの映画に関するエッセイを集めたものとか、関連図書は枚挙にいとまがない。やはり、〈鬼平〉にからむものが圧倒的に多いのは、作品の数からしても当然のことだろう。

池波さんのシリーズ小説には、ご存じのように〈鬼平〉のほかに秋山小兵衛《こへえ》、大治郎《だいじろう》親子が活躍する〈剣客商売〉と、〈仕掛人・藤枝梅安〉ものの三つがある。この中で、〈鬼平〉と〈剣客商売〉がほぼ同じくらい作品数があるのに、〈梅安〉ものは両者のそれぞれ四分の一程度と、いささか物足りない数にとどまっている。

それは池波さん自身に言わせれば、「金をもらって人殺しをする話は、そうたくさんは書けない……」という理由のようである。まことにそのとおりで、仕掛けをテーマにする以上は、「殺されてもしかたがない……」と読者が納得するような悪党を、毎回登場させなければならない。これは、作家の立場からみると、けっこうきついことである。

鬼平も火盗改《かとうあらため》の長官として、人殺しや強盗を相手にすることに変わりはないが、そこにはいろいろなバリエーションが考えられる。畜生ばたらきをする悪党ばかりでなく、やむにやまれず盗っ人の手伝いをする者もいれば、鬼平に惚れて改心する者もいるという具合に、話を広げることができる。さらに、〈剣客商売〉のような親子の剣客という設定になると、物語のパターンはさらに多彩化する。

この二つに比べて、仕掛人シリーズは状況設定が限られるため、筋立てがむずかしい。それだけに、このシリーズには他の二つと質の異なる作者の気迫、あるいは思い入れのようなものが感じられる。〈鬼平〉や〈剣客〉をしのぐ、すさまじい緊張感がある。このシリーズを読むと、池波さんのテンションの高まりが筆に乗り移り、ひしひしと読み手に伝わってくるような気がする。

*

ところで、前述のように池波作品の解説本や関連図書は多いが、小説作法そのものについて触れた本は、意外に少ない。わたし自身、綿密な作品分析をしたわけではないけれども、今回仕掛人シリーズを読み返して気がついたことを、いくつか挙げてみたいと思う。

よく言われることだが、池波さんの小説はとにかくリズムとテンポがよい。次から次へと、息を継ぐ間もなくページをめくらせるテクニックは天性のもので、これはだれにも真似ができない。会話だけでなく、登場人物の心情の吐露《とろ》や感慨、独白をカッコでうまく括《くく》り、地の文に溶け込ませる手法も、池波さん独特のものだ。

かつての大衆小説には、Aの視点で書かれていた文章が突然理由もなく、話し相手のBの視点に転換するといった、小説作法上の不統制が珍しくなかった。しかし最近は、どの作家も視点の問題を重要視するようになり、いわゆる〈視点の乱れ〉が少なくなった。その意味で、小説作法は時代とともに洗練度を増してきた、といえるだろう。しかし、その一方で語り口や物語のパワーが落ちた、という指摘も少なくない。

希代《きだい》のストーリーテラーだった柴田錬三郎、五味康祐、近いところで隆慶一郎といった作家は、視点の統制にほとんどこだわることなく、自由自在、融通無碍《ゆうずうむげ》に筆を操った。確かに、作法的には八方破れだったかもしれないが、彼らが語る物語の圧倒的なパワーを目の当たりにすると、そうした瑕疵《きず》は吹き飛んでしまうのだ。

その意味でいえば、池波さんも視点にはこだわらない作家だった。いや、むしろ多視点や複合視点、あるいは作者の視点（たとえば、「神ならぬ身の、知るよしもなかった」などという表現は、これにあたる）を巧みに駆使することによって、物語のおもしろさを倍増させたといってよい。

もう一つ、池波さんの小説作法で忘れてはならないのは、映画でいう〈カットバック〉の手法である。この、異なる場面を交互に書き進める映画的手法を、池波さんほど効果的に取り入れた作家を、わたしは知らない。

池波さんは、別々の人間が別々の場所でしたり考えたりする過程を、リズミカルに場面転換しながら、同時並行的に描いていく。つまり池波さんは、映画監督になり切ってカット割りをし、一本のフィルムに思うままに仕上げる作業を、原稿用紙の上で行なったのである。

したがって池波さんの視点は、あるときにはカメラのレンズのようにもなるし、あるときには登場人物の一人にもなる。このカメラワークが絶妙なために、読者は物語の中にどんどん引き込まれ、感情移入していく。こうした手法は、どんなに忙しくても映画の試写会だけは欠かさなかった、という池波さんならではの名人芸といえよう。

ただし気をつけなければならないのは、細密描写を売り物にする作家がこれをやると、逆に読み手が視点の変化に疲れを覚え、感情移入できなくなることである。池波作品にそれがないのは、大胆といっていいほどの描写の省略があるからで、こうした特徴は池波さん独特の軽快な文体と、無関係ではない。

わたしなどは、どちらかといえば細かく書き込みたがる方だから、短編小説といっても八十枚くらいの量は、すぐに費やしてしまう。ところが、池波さんの筆にかかるとその程度のストーリーは、五十枚もあれば十分ということになる。かりに、同じ枚数でわたしが書けば、せいぜい粗筋（！）にしかならないところを、池波さんはちゃんと一編の小説に仕上げる。その腕前には、もう脱帽するしかない。

池波さんの省略は、単に文字を節約するという次元の問題ではない。その、一見緩《ゆる》やかに見えて緊密な行間に、読者の想像力を最大限にかき立てる不思議な魔力が、横たわっている。読者は、喚起《かんき》されたみずからの想像力に駆り立てられ、いわば作者と一体になって小説世界を疾走する。それがあまりにも快適なため、読者は同じストーリーをおりに触れて読み返し、その体験を何度も味わうことになる。それはちょうど、名人の落語は何度聞いてもおもしろい、というのと同じである。

最後に、梅安シリーズを読み直して感じたことだが、梅安以下の仕掛人の設定は西部劇のバウンティハンター（賞金稼《かせ》ぎ）と、驚くほどよく似ている。むろんバウンティハンターは、手配されたお尋ね者を捕らえる（状況によっては射殺する）のが仕事で、他人の依頼で悪党を始末する仕掛人とは、はっきり性格を異にする。しかし多かれ少なかれ、金と正義のために悪党を始末するという点において、共通点がある。

池波さんが、そのあたりをはっきり意識していたかどうかは、むろん分からない。しかし、池波さんが好きな映画の中には当然西部劇も含まれるわけだから、それほど見当違いの見方でもあるまい。

三つのシリーズの中でも、仕掛人シリーズはもっともハードボイルド色が濃い、といわれる。アメリカのハードボイルド小説が、文学史的にみて西部小説の流れを汲《く》んでいることを考えれば、ここで梅安ものと西部劇を結びつけて論じても、かならずしも牽強付会《けんきょうふかい》にはならないだろう。ことに、本書に収められた『梅安乱れ雲』は道中ものの色彩が強く、西部劇で登場人物が前になり後ろになり、馬で旅を続ける姿を彷彿《ほうふつ》させる。

少なくともわたしは、この作品を西部劇に書き直せという注文が出たら、即座にやってのける自信がある。

本文庫に収録された作品のなかには、今日の観点からみると差別的表現ととられかねない箇所があります。しかし作者の意図は、決して差別を助長するものではないこと、作品自体のもつ文学性ならびに芸術性、また著者がすでに故人であるという事情に鑑み、表現の削除、変更はあえて行わず底本どおりの表記としました。読者各位のご賢察をお願いします。

〈編集部〉

本書は、『完本池波正太郎大成16仕掛人・藤枝梅安』（一九九九年二月小社刊）を底本としました。

|著者| 池波正太郎　1923年東京生まれ。『錯乱』にて直木賞を受賞。『殺しの四人』『春雪仕掛針』『梅安最合傘』で三度、小説現代読者賞を受賞。「鬼平犯科帳」「剣客商売」「仕掛人・藤枝梅安」を中心とした作家活動により吉川英治文学賞を受賞したほか、『市松小僧の女』で大谷竹次郎賞を受賞。「大衆文学の真髄である新しいヒーローを創出し、現代の男の生き方を時代小説の中に活写、読者の圧倒的支持を得た」として菊池寛賞を受けた。1990年5月、67歳で逝去。

新装版《しんそうばん》　梅安《ばいあん》乱《みだ》れ雲《ぐも》　仕掛人《しかけにん》・藤枝梅安《ふじえだばいあん》(五)

池波《いけなみ》正《しよう》太郎《たろう》

2001年6月15日第1刷発行
2023年3月22日第54刷発行

発行者――鈴木章一
発行所――株式会社　講談社
東京都文京区音羽2-12-21　〒112-8001
電話　出版　(03)　5395-3510
　　　販売　(03)　5395-5817
　　　業務　(03)　5395-3615

Printed in Japan

講談社文庫
定価はカバーに
表示してあります

KODANSHA

デザイン―菊地信義
製版――――凸版印刷株式会社
印刷――――株式会社KPSプロダクツ
製本――――株式会社KPSプロダクツ

ISBN4-06-273170-3

講談社文庫刊行の辞

二十一世紀の到来を目睫に望みながら、われわれはいま、人類史上かつて例を見ない巨大な転換期をむかえようとしている。

世界も、日本も、激動の予兆に対する期待とおののきを内に蔵して、未知の時代に歩み入ろうとしている。このときにあたり、創業の人野間清治の「ナショナル・エデュケイター」への志を現代に甦らせようと意図して、われわれはここに古今の文芸作品はいうまでもなく、ひろく人文・社会・自然の諸科学から東西の名著を網羅する、新しい綜合文庫の発刊を決意した。

激動の転換期はまた断絶の時代である。われわれは戦後二十五年間の出版文化のありかたへの深い反省をこめて、この断絶の時代にあえて人間的な持続を求めようとする。いたずらに浮薄な商業主義のあだ花を追い求めることなく、長期にわたって良書に生命をあたえようとつとめるところにしか、今後の出版文化の真の繁栄はあり得ないと信じるからである。

同時にわれわれはこの綜合文庫の刊行を通じて、人文・社会・自然の諸科学が、結局人間の学にほかならないことを立証しようと願っている。かつて知識とは、「汝自身を知る」ことにつきていた。現代社会の瑣末な情報の氾濫のなかから、力強い知識の源泉を掘り起し、技術文明のただなかに、生きた人間の姿を復活させること。それこそわれわれの切なる希求である。

われわれは権威に盲従せず、俗流に媚びることなく、渾然一体となって日本の「草の根」をかたちづくる若く新しい世代の人々に、心をこめてこの新しい綜合文庫をおくり届けたい。それは知識の泉であるとともに感受性のふるさとであり、もっとも有機的に組織され、社会に開かれた万人のための大学をめざしている。大方の支援と協力を衷心より切望してやまない。

一九七一年七月

野間省一

五木寛之　燃える秋
五木寛之　真夜中の望遠鏡〈流されゆく日々'78〉
五木寛之　ナホトカ青春航路〈流されゆく日々'79〉
五木寛之　旅の幻燈
五木寛之　他力
五木寛之　こころの天気図
五木寛之　新装版 恋歌
五木寛之　百寺巡礼 第一巻 奈良
五木寛之　百寺巡礼 第二巻 北陸
五木寛之　百寺巡礼 第三巻 京都I
五木寛之　百寺巡礼 第四巻 滋賀・東海
五木寛之　百寺巡礼 第五巻 関東・信州
五木寛之　百寺巡礼 第六巻 関西
五木寛之　百寺巡礼 第七巻 東北
五木寛之　百寺巡礼 第八巻 山陰・山陽
五木寛之　百寺巡礼 第九巻 京都II
五木寛之　百寺巡礼 第十巻 四国・九州
五木寛之　海外版 百寺巡礼 インド1
五木寛之　海外版 百寺巡礼 インド2
五木寛之　海外版 百寺巡礼 朝鮮半島
五木寛之　海外版 百寺巡礼 中国
五木寛之　海外版 百寺巡礼 ブータン
五木寛之　海外版 百寺巡礼 日本・アメリカ
五木寛之　青春の門 第七部 挑戦篇
五木寛之　青春の門 第八部 風雲篇
五木寛之　青春の門 第九部 漂流篇
五木寛之　親鸞 青春篇(上)(下)
五木寛之　親鸞 激動篇(上)(下)
五木寛之　親鸞 完結篇(上)(下)
五木寛之　五木寛之の金沢さんぽ
五木寛之　海を見ていたジョニー 新装版
井上ひさし　モッキンポット師の後始末
井上ひさし　ナイン
井上ひさし　四千万歩の男 全五冊
井上ひさし　四千万歩の男 忠敬の生き方
井上ひさし／司馬遼太郎　新装版 国家・宗教・日本人
池波正太郎　私の歳月
池波正太郎　よい匂いのする一夜
池波正太郎　梅安料理ごよみ
池波正太郎　わが家の夕めし
池波正太郎　新装版 緑のオリンピア
池波正太郎　新装版 殺しの四人〈仕掛人・藤枝梅安(一)〉
池波正太郎　新装版 梅安蟻地獄〈仕掛人・藤枝梅安(二)〉
池波正太郎　新装版 梅安最合傘〈仕掛人・藤枝梅安(三)〉
池波正太郎　新装版 梅安針供養〈仕掛人・藤枝梅安(四)〉
池波正太郎　新装版 梅安乱れ雲〈仕掛人・藤枝梅安(五)〉
池波正太郎　新装版 梅安影法師〈仕掛人・藤枝梅安(六)〉
池波正太郎　新装版 梅安冬時雨〈仕掛人・藤枝梅安(七)〉
池波正太郎　新装版 忍びの女(上)(下)
池波正太郎　新装版 殺しの掟
池波正太郎　新装版 抜討ち半九郎
池波正太郎　新装版 娼婦の眼
池波正太郎　近藤勇白書〈レジェンド歴史時代小説〉(上)(下)
井上靖　楊貴妃伝
石牟礼道子　新装版 苦《く》海《がい》浄《じょう》土《ど》〈わが水俣病〉
いわさきちひろ　ちひろのことば
いわさきちひろ／松本猛　いわさきちひろの絵と心

いわさきちひろ 絵本美術館編 ちひろ・子どもの情景〈文庫ギャラリー〉
いわさきちひろ 絵本美術館編 ちひろ・紫のメッセージ〈文庫ギャラリー〉
いわさきちひろ 絵本美術館編 ちひろの花ことば〈文庫ギャラリー〉
いわさきちひろ 絵本美術館編 ちひろのアンデルセン〈文庫ギャラリー〉
いわさきちひろ 絵本美術館編 ちひろ・平和への願い〈文庫ギャラリー〉
石野径一郎 新装版 ひめゆりの塔
今西錦司 生物の世界
井沢元彦 義経幻殺録
井沢元彦 光と影の武蔵〈切支丹秘録〉
井沢元彦 新装版 猿丸幻視行
伊集院 静 乳房
伊集院 静 遠い昨日
伊集院 静 夢は枯野を〈競輪躁鬱旅行〉
伊集院 静 野球で学んだこと ヒデキ君に教わったこと
伊集院 静 峠の声
伊集院 静 白秋
伊集院 静 潮流
伊集院 静 冬の蜻蛉《とんぼ》
伊集院 静 オルゴール
伊集院 静 昨日スケッチ
伊集院 静 あづま橋
伊集院 静 ぼくのボールが君に届けば
伊集院 静 駅までの道をおしえて
伊集院 静 受け月
伊集院 静 坂の上のμ〈野球小説アンソロジー〉
伊集院 静 ねむりねこ
伊集院 静 新装版 三年坂
伊集院 静 お父やんとオジさん(上)(下)
伊集院 静 ノボさん〈小説 正岡子規と夏目漱石〉(上)(下)
伊集院 静 機関車先生〈新装版〉
いとうせいこう 我々の恋愛
いとうせいこう 「国境なき医師団」を見に行く
井上夢人 ダレカガナカニイル…
井上夢人 プラスティック
井上夢人 オルファクトグラム(上)(下)
井上夢人 もつれっぱなし
井上夢人 あわせ鏡に飛び込んで
井上夢人 魔法使いの弟子たち(上)(下)
井上夢人 ラバー・ソウル
池井戸 潤 果つる底なき
池井戸 潤 架空通貨
池井戸 潤 銀行狐
池井戸 潤 仇敵
池井戸 潤 BT'63(上)(下)
池井戸 潤 空飛ぶタイヤ(上)(下)
池井戸 潤 鉄の骨
池井戸 潤 新装版 銀行総務特命
池井戸 潤 新装版 不祥事
池井戸 潤 ルーズヴェルト・ゲーム
池井戸 潤 半沢直樹1〈オレたちバブル入行組〉
池井戸 潤 半沢直樹2〈オレたち花のバブル組〉
池井戸 潤 半沢直樹3〈ロスジェネの逆襲〉
池井戸 潤 半沢直樹4〈銀翼のイカロス〉
池井戸 潤 花咲舞が黙ってない〈新装増補版〉
池井戸 潤 ノーサイド・ゲーム
石田衣良 LAST[ラスト]
石田衣良 東京DOLL

石田衣良　てのひらの迷路
石田衣良　40《フォーティ》　翼ふたたび
石田衣良　s e x
石田衣良　逆《さか》島《しま》断《たつ》雄《お》〈進駐官養成高校の決闘編1〉
石田衣良　逆島断雄〈進駐官養成高校の決闘編2〉
石田衣良　逆島断雄〈本土最終防衛決戦編1〉
石田衣良　逆島断雄〈本土最終防衛決戦編2〉
石田衣良　初めて彼を買った日
井上荒野　ひどい感じ—父・井上光晴
稲葉　稔　椋鳥の影〈八丁堀手控え帖〉
伊坂幸太郎　魔王
伊坂幸太郎　チルドレン
伊坂幸太郎　モダンタイムス(上)(下)
伊坂幸太郎　P K
伊坂幸太郎　サブマリン
絲山秋子　袋小路の男
石黒　耀　死都日本
石黒　耀　忠臣蔵異聞〈家老 大野九郎兵衛の長い仇討ち〉
犬飼六岐　筋違い半介

犬飼六岐　吉岡清三郎貸腕帳
石川大我　ボクの彼氏はどこにいる?
石松宏章　マジでガチなボランティア
伊東　潤　国を蹴った男
伊東　潤　峠越え
伊東　潤　黎明に起《た》つ
伊東　潤　池田屋乱刃
石飛幸三　「平穏死」のすすめ〈口から食べられなくなったらどうしますか〉
伊藤理佐　女のはしょり道
伊藤理佐　また！女のはしょり道
伊藤理佐　みたび！女のはしょり道
石黒正数　外《げ》天《てん》楼《ろう》
伊与原新　ルカの方《はこ》舟《ぶね》
伊与原新　コンタミ　科学汚染
稲葉圭昭《よしあき》　恥さらし〈北海道警 悪徳刑事の告白〉
稲葉博一《ひろいち》　忍者烈伝
稲葉博一　忍者烈伝ノ続
稲葉博一　忍者烈伝ノ乱〈天之巻〉〈地之巻〉
伊岡　瞬　桜の花が散る前に

石川智健　エウレカの確率〈経済学捜査と殺人の効用〉
石川智健　60《ロクジュウ》〈誤判対策室〉
石川智健　20《ニジュウ》〈誤判対策室〉
石川智健　第三者隠蔽機関
石川智健　いたずらにモテる刑事の捜査報告書
井上真偽《まぎ》　その可能性はすでに考えた
井上真偽　聖女の毒杯〈その可能性はすでに考えた〉
井上真偽　恋と禁忌の述語論理《プレディケット》
泉ゆたか　お師匠さま、整いました！
泉ゆたか　お江戸けもの医 毛玉堂
泉ゆたか　玉《たま》の輿《こし》猫〈お江戸けもの医 毛玉堂〉
伊兼源太郎　地検のS
伊兼源太郎　Sが泣いた日〈地検のS〉
伊兼源太郎　Sの幕引き〈地検のS〉
伊兼源太郎　巨悪
伊兼源太郎　金庫番の娘
逸木　裕　電気じかけのクジラは歌う
今村翔吾　イクサガミ　天
入月英一　信長と征《ゆ》く 1・2〈転生商人の天下取り〉

磯田道史　歴史とは靴である
石原慎太郎　湘南夫人
井戸川射子　ここはとても速い川
内田康夫　パソコン探偵の名推理
内田康夫　「横山大観」殺人事件
内田康夫　江田島殺人事件
内田康夫　琵琶湖周航殺人歌
内田康夫　夏泊殺人岬
内田康夫　「信濃の国」殺人事件
内田康夫　風葬の城
内田康夫　透明な遺書
内田康夫　鞆《とも》の浦《うら》殺人事件
内田康夫　終幕《フィナーレ》のない殺人
内田康夫　御堂筋殺人事件
内田康夫　記憶の中の殺人
内田康夫　北国街道殺人事件
内田康夫　「紅藍《くれない》の女《ひと》」殺人事件
内田康夫　「紫《むらさき》の女《ひと》」殺人事件
内田康夫　藍色回廊殺人事件
内田康夫　明日香の皇子
内田康夫　華の下にて
内田康夫　黄金の石橋
内田康夫　靖国への帰還
内田康夫　不等辺三角形
内田康夫　ぼくが探偵だった夏
内田康夫　逃げろ光彦〈内田康夫と5人の女たち〉
内田康夫　悪魔の種子
内田康夫　戸隠伝説殺人事件
内田康夫　新装版 死者の木霊
内田康夫　新装版 漂泊の楽人
内田康夫　新装版 平城山《ならやま》を越えた女
内田康夫　秋田殺人事件
内田康夫　孤道
和久井清水　孤道 完結編〈金色の眠り〉
内田康夫　イーハトーブの幽霊
歌野晶午　死体を買う男
歌野晶午　安達ケ原の鬼密室
歌野晶午　新装版 長い家の殺人
歌野晶午　新装版 白い家の殺人
歌野晶午　新装版 動く家の殺人
歌野晶午　密室殺人ゲーム王手飛車取り
歌野晶午　新装版 ROMMY 越境者の夢
歌野晶午　増補版 放浪探偵と七つの殺人
歌野晶午　新装版 正月十一日、鏡殺し
歌野晶午　密室殺人ゲーム2.0
歌野晶午　密室殺人ゲーム・マニアックス
歌野晶午　魔王城殺人事件
内館牧子　終わった人
内館牧子　別れてよかった〈新装版〉
内館牧子　すぐ死ぬんだから
内田洋子　皿の中に、イタリア
宇江佐真理　泣きの銀次
宇江佐真理　晩鐘〈続・泣きの銀次〉
宇江佐真理　虚ろ舟〈泣きの銀次参之章〉
宇江佐真理　室の梅〈おろく医者覚え帖〉
宇江佐真理　涙堂〈琴女癸酉日記〉

宇江佐真理　あやめ横丁の人々
宇江佐真理　卵のふわふわ　八丁堀喰い物草紙・江戸前でもなし
宇江佐真理　日本橋本石町やさぐれ長屋
浦賀和宏　眠りの牢獄
上野哲也　五五五文字の巡礼〈魏志倭人伝トーク　地理篇〉
魚住　昭　渡邉恒雄　メディアと権力
魚住　昭　野中広務　差別と権力
魚住直子　非・バランス
魚住直子　未・フレンズ
魚住直子　ピンクの神様
上田秀人　密封〈奥右筆秘帳〉
上田秀人　国禁〈奥右筆秘帳〉
上田秀人　侵蝕〈奥右筆秘帳〉
上田秀人　継承〈奥右筆秘帳〉
上田秀人　簒《さん》奪《だつ》〈奥右筆秘帳〉
上田秀人　秘闘〈奥右筆秘帳〉
上田秀人　隠密〈奥右筆秘帳〉
上田秀人　刃傷〈奥右筆秘帳〉
上田秀人　召《めし》抱《かかえ》〈奥右筆秘帳〉
上田秀人　墨《ぼっ》痕《こん》〈奥右筆秘帳〉
上田秀人　天下〈奥右筆秘帳〉
上田秀人　決戦〈奥右筆秘帳〉
上田秀人　前夜〈奥右筆外伝〉
上田秀人　軍師の挑戦〈上田秀人初期作品集〉
上田秀人　天主信長〈表〉〈我こそ天下なり〉
上田秀人　天主信長〈裏〉〈天を望むなかれ〉
上田秀人　波乱〈百万石の留守居役㈠〉
上田秀人　思惑〈百万石の留守居役㈡〉
上田秀人　新参〈百万石の留守居役㈢〉
上田秀人　遺臣〈百万石の留守居役㈣〉
上田秀人　密約〈百万石の留守居役㈤〉
上田秀人　使者〈百万石の留守居役㈥〉
上田秀人　貸借〈百万石の留守居役㈦〉
上田秀人　参勤〈百万石の留守居役㈧〉
上田秀人　因果〈百万石の留守居役㈨〉
上田秀人　忖《そん》度《たく》〈百万石の留守居役㈩〉
上田秀人　騒動〈百万石の留守居役(十一)〉
上田秀人　分断〈百万石の留守居役(十二)〉
上田秀人　舌戦〈百万石の留守居役(十三)〉
上田秀人　愚劣〈百万石の留守居役(十四)〉
上田秀人　布石〈百万石の留守居役(十五)〉
上田秀人　乱麻〈百万石の留守居役(十六)〉
上田秀人　要《よう》訣《けつ》〈百万石の留守居役(十七)〉
上田秀人　梟《ふくろう》の系譜〈宇喜多四代〉
上田秀人　竜は動かず　奥羽越列藩同盟顛末　(上)万里波濤編　(下)帰郷奔走編
上田秀人　戦端〈武商繚乱記㈠〉
内田　樹　下流志向〈学ばない子どもたち　働かない若者たち〉
内田　樹・釈　徹宗　現代霊性論
上橋菜穂子　獣の奏者〈Ⅰ闘蛇編〉
上橋菜穂子　獣の奏者〈Ⅱ王獣編〉
上橋菜穂子　獣の奏者〈Ⅲ探求編〉
上橋菜穂子　獣の奏者〈Ⅳ完結編〉
上橋菜穂子　獣の奏者〈外伝　刹那〉
上橋菜穂子　物語ること、生きること
上橋菜穂子　明日は、いずこの空の下
上野　誠　万葉学者、墓をしまい母を送る
海猫沢めろん　愛についての感じ

海猫沢めろん　キッズファイヤー・ドットコム
冲方丁　戦の国
上田岳弘　ニムロッド
上野歩　キリの理容室
内田英治　異動辞令は音楽隊！
遠藤周作　ぐうたら人間学
遠藤周作　聖書のなかの女性たち
遠藤周作　さらば、夏の光よ
遠藤周作　最後の殉教者
遠藤周作　反逆(上)(下)
遠藤周作　ひとりを愛し続ける本
遠藤周作　周作塾〈読んでもタメにならないエッセイ〉
遠藤周作　新装版 海と毒薬
遠藤周作　新装版 わたしが・棄てた・女
遠藤周作　深い河《ディープ・リバー》〈新装版〉
江波戸哲夫　新装版 銀行支店長
江波戸哲夫　集団左遷
江波戸哲夫　新装版 ジャパン・プライド
江波戸哲夫　起業の星
江波戸哲夫　ビジネスウォーズ〈カリスマと戦犯〉
江波戸哲夫　リストラ事変〈ビジネスウォーズ2〉
江上剛　頭取無惨
江上剛　企業戦士
江上剛　リベンジ・ホテル
江上剛　起死回生
江上剛　瓦礫の中のレストラン
江上剛　非情銀行
江上剛　東京タワーが見えますか。
江上剛　慟哭の家
江上剛　家電の神様
江上剛　ラストチャンス 再生請負人
江上剛　ラストチャンス 参謀のホテル
江上剛　一緒にお墓に入ろう
江國香織　真昼なのに昏《くら》い部屋
江國香織他　100万分の1回のねこ
円城塔　道化師の蝶
江原啓之　スピリチュアルな人生に目覚めるために〈心に「人生の地図」を持つ〉
江原啓之　トラウマ あなたが生まれてきた理由
大江健三郎　新しい人よ眼ざめよ
大江健三郎　取り替え子《チェンジリング》
大江健三郎　晩年様式集《イン・レイト・スタイル》
小田実　何でも見てやろう
沖守弘　マザー・テレサ〈あふれる愛〉
岡嶋二人　解決まではあと6人〈5W1H殺人事件〉
岡嶋二人　99％の誘拐
岡嶋二人　クラインの壺
岡嶋二人　ダブル・プロット
岡嶋二人　新装版 焦茶色のパステル
岡嶋二人　チョコレートゲーム 新装版
岡嶋二人　そして扉が閉ざされた〈新装版〉
太田蘭三　殺《さっ》・風《ぷう》景《けい》〈警視庁北多摩署特捜本部〉
大前研一　企業参謀 正・続
大前研一　やりたいことは全部やれ！
大前研一　考える技術
大沢在昌　野獣駆けろ
大沢在昌　相続人TOMOKO
大沢在昌　ウォームハート コールドボディ

大沢在昌　アルバイト探偵《アイ》
大沢在昌　調毒師を捜せ　アルバイト探偵《アイ》
大沢在昌　女王陛下のアルバイト探偵《アイ》
大沢在昌　不思議の国のアルバイト探偵《アイ》
大沢在昌　拷問遊園地　アルバイト探偵《アイ》
大沢在昌　帰ってきたアルバイト探偵《アイ》
大沢在昌　雪蛍
大沢在昌　夢の島
大沢在昌　新装版 氷の森
大沢在昌　暗黒旅人
大沢在昌　新装版 走らなあかん、夜明けまで
大沢在昌　新装版 涙はふくな、凍るまで
大沢在昌　語りつづけろ、届くまで
大沢在昌　罪深き海辺 (上)(下)
大沢在昌　やぶへび
大沢在昌　海と月の迷路 (上)(下)
大沢在昌　鏡の顔〈傑作ハードボイルド小説集〉
大沢在昌　覆面作家
大沢在昌　ザ・ジョーカー 新装版
大沢在昌　亡命者〈ザ・ジョーカー 新装版〉
大沢在昌／藤田宜永／堂場瞬一／井上夢人／今野敏／月村了衛／東山彰良　激動 東京五輪1964
逢坂剛　十字路に立つ女
逢坂剛　奔流恐るるにたらず〈重蔵始末(八)完結篇〉
逢坂剛　新装版 カディスの赤い星 (上)(下)
オノ・ヨーコ　飯村隆彦編　ただの私《あたし》
オノ・ヨーコ　南風椎訳　グレープフルーツ・ジュース
折原一　倒錯の帰結
折原一　倒錯のロンド〈完成版〉
小川洋子　ブラフマンの埋葬
小川洋子　最果てアーケード
小川洋子　琥珀のまたたき
小川洋子　密やかな結晶〈新装版〉
乙川優三郎　霧の橋
乙川優三郎　喜知次
乙川優三郎　蔓の端々
乙川優三郎　夜の小紋
恩田陸　三月は深き紅の淵を
恩田陸　麦の海に沈む果実
恩田陸　黒と茶の幻想 (上)(下)
恩田陸　黄昏の百合の骨
恩田陸　『恐怖の報酬』日記〈酩酊混乱紀行〉
恩田陸　きのうの世界 (上)(下)
恩田陸　七月に流れる花／八月は冷たい城
奥田英朗　新装版 ウランバーナの森
奥田英朗　最悪
奥田英朗　マドンナ
奥田英朗　ガール
奥田英朗　サウスバウンド
奥田英朗　オリンピックの身代金 (上)(下)
奥田英朗　ヴァラエティ
奥田英朗　邪魔 (上)(下)〈新装版〉
乙武洋匡　五体不満足〈完全版〉
大崎善生　聖《さとし》の青春
大崎善生　将棋の子
小川恭一　江戸の旗本事典〈歴史・時代小説ファン必携〉
奥泉光　プラトン学園
奥泉光　シューマンの指

講談社文庫 目録

奥泉 光 ビビビ・ビ・バップ
折原みと 制服のころ、君に恋した。
折原みと 時《とき》の 輝 き
折原みと 幸福のパズル
大城立裕 小説 琉球処分(上)(下)
太田尚樹 満 州 裏 史〈甘粕正彦と岸信介が背負ったもの〉
太田尚樹 世 紀 の 愚 行〈太平洋戦争・日米開戦前夜〉
大島真寿実 ふ じ こ さ ん
大泉康雄 あさま山荘銃撃戦の深層(上)(下)
大山淳子 猫 弁〈天才百瀬とやっかいな依頼人たち〉
大山淳子 猫弁と透明人間
大山淳子 猫弁と指輪物語
大山淳子 猫弁と少女探偵
大山淳子 猫弁と魔女裁判
大山淳子 猫弁と星の王子
大山淳子 猫弁と鉄の女
大山淳子 雪 猫
大山淳子 イーヨくんの結婚生活
大倉崇裕 小鳥を愛した容疑者
大倉崇裕 蜂に魅《ひ》かれた容疑者〈警視庁いきもの係〉
大倉崇裕 ペンギンを愛した容疑者〈警視庁いきもの係〉
大倉崇裕 クジャクを愛した容疑者〈警視庁いきもの係〉
大倉崇裕 アロワナを愛した容疑者〈警視庁いきもの係〉
大鹿靖明 メルトダウン〈ドキュメント福島第一原発事故〉
荻原 浩 砂の王国(上)(下)
荻原 浩 家 族 写 真
小野正嗣 九年前の祈り
大友信彦 オールブラックスが強い理由〈世界最強チーム勝利のメソッド〉
乙 一 銃とチョコレート
織守《おりがみ》きょうや 霊 感 検 定
織守きょうや 霊 感 検 定〈心霊アイドルの憂鬱〉
織守きょうや 霊 感 検 定〈春にして君を離れ〉
織守きょうや 少女は鳥籠《とりかご》で眠らない
おーなり由子 きれいな色とことば
岡崎琢磨 病 弱 探 偵〈謎は彼女の特効薬〉
小野寺史宜《ふみのり》 その愛の程度
小野寺史宜 近いはずの人
小野寺史宜 それ自体が奇跡
小野寺史宜 縁《ゆかり》
大崎 梢 横濱エトランゼ
太田哲雄 アマゾンの料理人〈世界一の"美味しい"を探して僕が行き着いた場所〉
小竹正人 空 に 住 む
岡本さとる 駕籠屋《かごや》春秋 新三《しんざ》と太十《たじゅう》
岡本さとる 質 屋 の 娘〈駕籠屋春秋 新三と太十〉
岡本さとる 雨 や ど り〈駕籠屋春秋 新三と太十〉
岡崎大五 食べるぞ!世界の地元メシ
荻上直子 川っぺりムコリッタ
海音寺潮五郎 新装版 江戸城大奥列伝
海音寺潮五郎 新装版 孫 子(上)(下)
海音寺潮五郎 新装版 赤 穂 義 士
海音寺潮五郎 新装版 高 山 右 近
加賀乙彦 ザビエルとその弟子
加賀乙彦 わたしの芭蕉
加賀乙彦 殉 教 者
柏葉幸子 ミラクル・ファミリー
勝目 梓 小 説 家
桂 米朝 米 朝 ば な し〈上方落語地図〉

講談社文庫　目録

笠井　潔　梟《ふくろう》の巨《おお》なる黄昏《たそがれ》
笠井　潔　青銅の悲劇(上)(下)〈瀕死の王〉
笠井　潔　転生の魔〈私立探偵飛鳥井の事件簿〉
川田弥一郎　白く長い廊下
神崎京介　女薫の旅　放心とろり
神崎京介　女薫の旅　耽溺《たんでき》まみれ
神崎京介　女薫の旅　秘に触れ
神崎京介　女薫の旅　禁の園へ
神崎京介　女薫の旅　欲の極み
神崎京介　女薫の旅　青い乱れ
神崎京介　女薫の旅　奥に裏に
神崎京介　I LOVE
加納朋子　ガラスの麒麟〈新装版〉
角田光代　まどろむ夜のUFO
角田光代　恋するように旅をして
角田光代　人生ベストテン
角田光代　ロック母
角田光代　彼女のこんだて帖
角田光代　ひそやかな花園
角田光代 石田衣良 ほか　こどものころにみた夢
川端裕人　せちやん〈星を聴く人〉
川端裕人　星と半月の海
片川優子　ジョナさん
神山裕右　カタコンベ
神山裕右　炎の放浪者
加賀まりこ　純情ババァになりました。
門田隆将　甲子園への遺言〈伝説の打撃コーチ高畠導宏の生涯〉
門田隆将　甲子園の奇跡〈斎藤佑樹と早実百年物語〉
門田隆将　神宮の奇跡
鏑木　蓮　東京ダモイ
鏑木　蓮　屈折光
鏑木　蓮　時限
鏑木　蓮　真友
鏑木　蓮　甘い罠
鏑木　蓮　京都西陣シェアハウス〈憎まれ天使・有村志穂〉
鏑木　蓮　炎罪
鏑木　蓮　疑薬
川上未映子　そら頭はでかいです、世界がすこんと入ります
川上未映子　わたくし率 イン 歯ー、または世界
川上未映子　ヘヴン
川上未映子　すべて真夜中の恋人たち
川上未映子　愛の夢とか
川上弘美　ハヅキさんのこと
川上弘美　晴れたり曇ったり
川上弘美　大きな鳥にさらわれないよう
海堂　尊　新装版 ブラックペアン1988
海堂　尊　ブレイズメス1990
海堂　尊　スリジエセンター1991
海堂　尊　死因不明社会2018
海堂　尊　極北クレイマー2008
海堂　尊　極北ラプソディ2009
海堂　尊　黄金地球儀2013
門井慶喜　パラドックス実践 雄弁学園の教師たち
門井慶喜　銀河鉄道の父
梶よう子　迷子石
梶よう子　ふくろう
梶よう子　ヨイ豊《とよ》

梶　よう子　立身《りっしん》いたしたく候《そうろう》
梶　よう子　北斎まんだら
川瀬七緒　よろずのことに気をつけよ
川瀬七緒　法医昆虫学捜査官
川瀬七緒　シンクロニシティ〈法医昆虫学捜査官〉
川瀬七緒　水《みな》底《そこ》の棘《とげ》〈法医昆虫学捜査官〉
川瀬七緒　メビウスの守護者〈法医昆虫学捜査官〉
川瀬七緒　潮騒のアニマ〈法医昆虫学捜査官〉
川瀬七緒　紅のアンデッド〈法医昆虫学捜査官〉
川瀬七緒　スワロウテイルの消失点〈法医昆虫学捜査官〉
川瀬七緒　フォークロアの鍵
風野真知雄　隠密　味見方同心(一)〈くじらの姿焼き騒動〉
風野真知雄　隠密　味見方同心(二)〈干し卵不思議味〉
風野真知雄　隠密　味見方同心(三)〈幸せの小福餅〉
風野真知雄　隠密　味見方同心(四)〈恐怖の流しそうめん〉
風野真知雄　隠密　味見方同心(五)〈フグの毒鍋〉
風野真知雄　隠密　味見方同心(六)〈鵺《ぬえ》の闇鍋〉
風野真知雄　隠密　味見方同心(七)〈絵巻寿司〉
風野真知雄　隠密　味見方同心(八)〈ふふふの魅〉
風野真知雄　隠密　味見方同心(九)〈殿さま漬け〉
風野真知雄　潜入　味見方同心(一)〈恋のぬるぬる膳〉
風野真知雄　潜入　味見方同心(二)〈陰膳だらけの宴《うたげ》〉
風野真知雄　潜入　味見方同心(三)〈五右衛門の鍋〉
風野真知雄　潜入　味見方同心(四)〈謎の伊賀忍者料理〉
風野真知雄　潜入　味見方同心(五)〈牛の活きづくり〉
風野真知雄　昭和探偵1
風野真知雄　昭和探偵2
風野真知雄　昭和探偵3
風野真知雄　昭和探偵4
風野真知雄　岡本さとる　ほか　五分後にホロリと江戸人情
カレー沢　薫　負ける技術
カレー沢　薫　もっと負ける技術〈カレー沢薫の日常と退廃〉
カレー沢　薫　非リア王
神楽坂　淳　うちの旦那が甘ちゃんで
神楽坂　淳　うちの旦那が甘ちゃんで2
神楽坂　淳　うちの旦那が甘ちゃんで3
神楽坂　淳　うちの旦那が甘ちゃんで4
神楽坂　淳　うちの旦那が甘ちゃんで5
神楽坂　淳　うちの旦那が甘ちゃんで6
神楽坂　淳　うちの旦那が甘ちゃんで7
神楽坂　淳　うちの旦那が甘ちゃんで8
神楽坂　淳　うちの旦那が甘ちゃんで9
神楽坂　淳　うちの旦那が甘ちゃんで10
神楽坂　淳　うちの旦那が甘ちゃんで〈鼠小僧次郎吉編〉
神楽坂　淳　うちの旦那が甘ちゃんで〈寿司屋台編〉
神楽坂　淳　帰蝶さまがヤバい1
神楽坂　淳　帰蝶さまがヤバい2
神楽坂　淳　ありんす国の料理人1
神楽坂　淳　あやかし長屋〈嫁は猫又〉
神楽坂　淳　妖怪犯科帳〈あやかし長屋2〉
加藤元浩　捕まえたもん勝ち！〈七夕菊乃の捜査報告書〉
加藤元浩　量子人間《クオンタムマン》からの手紙〈捕まえたもん勝ち！〉
加藤元浩　奇科学島の記憶〈捕まえたもん勝ち！〉
梶永正史　銃の啼《な》き声〈潔癖刑事・田島慎吾〉
梶永正史　潔癖刑事　仮面の哄笑《こうしょう》
川内有緒　晴れたら空に骨まいて
神永　学　悪魔と呼ばれた男

講談社文庫　目録

神永　学　悪魔を殺した男
神永　学　青の呪い〈心霊探偵八雲〉
神津凛子　スイート・マイホーム
神津凛子　マ　マ
加茂隆康　密告の件、Mへ
柏井　壽《ひさし》　月岡サヨの小鍋茶屋〈京都四条〉
岸本英夫　死を見つめる心〈ガンとたたかった十年間〉
北方謙三　試みの地平線〈伝説復活編〉
北方謙三　抱　影
菊地秀行　魔界医師メフィスト〈怪屋敷〉
桐野夏生　新装版　顔に降りかかる雨
桐野夏生　新装版　天使に見捨てられた夜
桐野夏生　新装版　ローズガーデン
桐野夏生　OUT（上）（下）
桐野夏生　ダーク（上）（下）
桐野夏生　猿の見る夢
京極夏彦　文庫版　姑獲鳥《うぶめ》の夏
京極夏彦　文庫版　魍魎《もうりょう》の匣《はこ》
京極夏彦　文庫版　狂骨《きょうこつ》の夢《ゆめ》
京極夏彦　文庫版　鉄鼠《てっそ》の檻《おり》
京極夏彦　文庫版　絡新婦《じょろうぐも》の理《ことわり》
京極夏彦　文庫版　塗仏《ぬりぼとけ》の宴《うたげ》—宴の支度
京極夏彦　文庫版　塗仏の宴—宴の始末
京極夏彦　文庫版　百鬼夜行—陰
京極夏彦　文庫版　百器徒然袋—雨
京極夏彦　文庫版　百器徒然袋—風
京極夏彦　文庫版　今昔続百鬼—雲
京極夏彦　文庫版　陰摩羅鬼《おんもらき》の瑕《きず》
京極夏彦　文庫版　邪魅《じゃみ》の雫
京極夏彦　文庫版　今昔百鬼拾遺—月
京極夏彦　文庫版　死ねばいいのに
京極夏彦　文庫版　ルー＝ガルー〈忌避すべき狼〉
京極夏彦　文庫版　ルー＝ガルー2〈インクブス×スクブス　相容れぬ夢魔〉
京極夏彦　文庫版　地獄の楽しみ方
京極夏彦　分冊文庫版　姑獲鳥《うぶめ》の夏（上）（下）
京極夏彦　分冊文庫版　魍魎《もうりょう》の匣《はこ》（上）（中）（下）
京極夏彦　分冊文庫版　狂骨《きょうこつ》の夢《ゆめ》（上）（中）（下）
京極夏彦　分冊文庫版　鉄鼠《てっそ》の檻《おり》　全四巻
京極夏彦　分冊文庫版　絡新婦《じょろうぐも》の理《ことわり》　全四巻
京極夏彦　分冊文庫版　塗仏《ぬりぼとけ》の宴《うたげ》　宴の支度《したく》（上）（中）（下）
京極夏彦　分冊文庫版　塗仏《ぬりぼとけ》の宴《うたげ》　宴の始末《しまつ》（上）（中）（下）
京極夏彦　分冊文庫版　陰摩羅鬼《おんもらき》の瑕《きず》（上）（中）（下）
京極夏彦　分冊文庫版　邪魅《じゃみ》の雫（上）（中）（下）
京極夏彦　分冊文庫版　ルー＝ガルー〈忌避すべき狼〉（上）（下）
京極夏彦　分冊文庫版　ルー＝ガルー2〈インクブス×スクブス　相容れぬ夢魔〉（上）（下）
北森　鴻　親不孝通りラプソディー
北森　鴻　花の下にて春死なむ〈香菜里屋シリーズ1〈新装版〉〉
北森　鴻　桜　宵〈香菜里屋シリーズ2〈新装版〉〉
北森　鴻　螢　坂〈香菜里屋シリーズ3〈新装版〉〉
北森　鴻　香菜里屋を知っていますか〈香菜里屋シリーズ4〈新装版〉〉
北村　薫　盤上の敵〈新装版〉
木内一裕　藁の楯
木内一裕　水の中の犬
木内一裕　アウト＆アウト
木内一裕　キ　ッ　ド
木内一裕　デッドボール
木内一裕　神様の贈り物

2022年12月15日現在

池波正太郎記念文庫のご案内

上野・浅草を故郷とし、江戸の下町を舞台にした多くの作品を執筆した池波正太郎。その世界を広く紹介するため、池波正太郎記念文庫は、東京都台東区の下町にある区立中央図書館に併設した文学館として2001年9月に開館しました。池波家から寄贈された全著作、蔵書、原稿、絵画、資料などおよそ25000点を所蔵。その一部を常時展示し、書斎を復元したコーナーもあります。また、池波作品以外の時代・歴史小説、歴代の名作10000冊を収集した時代小説コーナーも設け、閲覧も可能です。原稿展、絵画展などの企画展、講演・講座なども定期的に開催され、池波正太郎のエッセンスが詰まったスペースです。

https://library.city.taito.lg.jp/ikenami/

池波正太郎記念文庫〒111-8621 東京都台東区西浅草3-25-16
台東区生涯学習センター・台東区立中央図書館内 TEL03-5246-5915

開館時間＝月曜～土曜（午前9時～午後8時）、日曜・祝日（午前9時～午後5時）**休館日**＝毎月第3木曜日（館内整理日・祝日に当たる場合は翌日）、年末年始、特別整理期間　●**入館無料**

交通＝つくばエクスプレス〔浅草駅〕A2番出口から徒歩8分、東京メトロ日比谷線〔入谷駅〕から徒歩8分、銀座線〔田原町駅〕から徒歩12分、都バス・足立梅田町－浅草寿町 亀戸駅前－上野公園2ルートの〔入谷2丁目〕下車徒歩3分、台東区循環バス南・北めぐりん〔生涯学習センター北〕下車徒歩3分

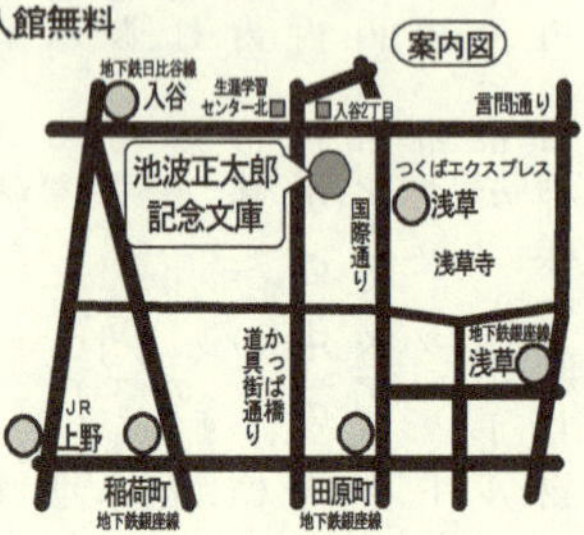